Sword Art Online 刀劍神域外傳

Gun Gale Online 13

5th Squad Jam

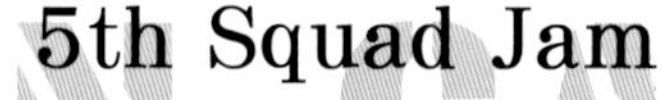

Sword Art Online Alternative
Gun Gale Online 13
5th Squad Jam

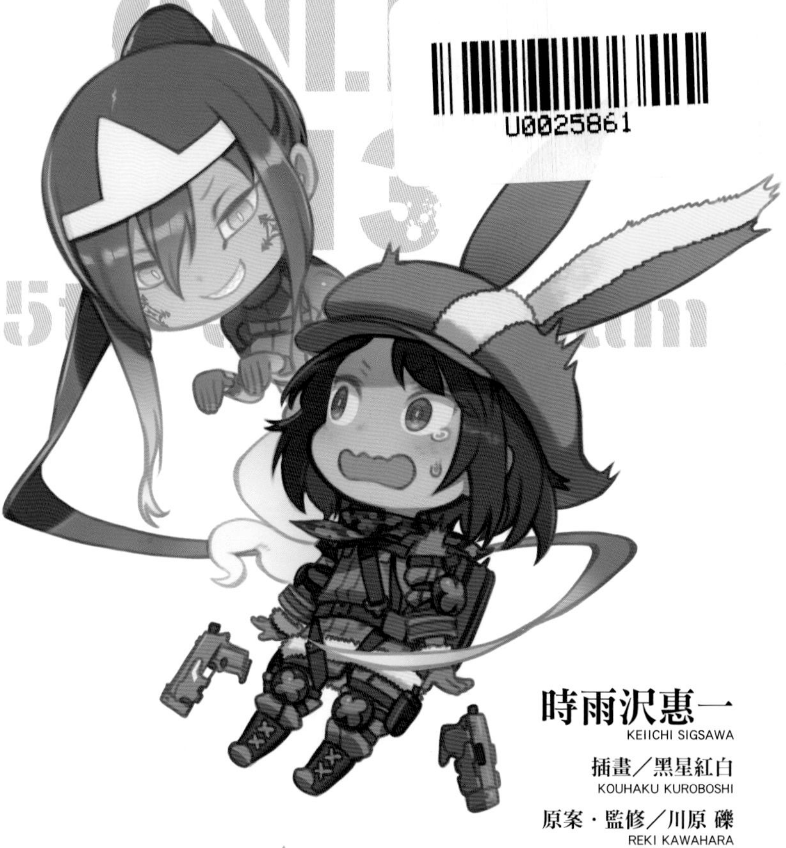

時雨沢恵一
KEIICHI SIGSAWA

插畫／黑星紅白
KOUHAKU KUROBOSHI

原案・監修／川原 礫
REKI KAWAHARA

Kadokawa
Fantastic
Novels

Sword Art Online刀劍神域外傳

GUN GALE ONLINE

13

5th Squad Jam

時雨沢惠一
KEIICHI SIGSAWA

插畫／黑星紅白
KOUHAKU KUROBOSHI

原案・監修／川原 礫
REKI KAWAHARA

Kadokawa Fantastic Novels

Sword Art Online Alternative
Gun Gale Online

Playback of 5th Squad Jam

前情提要

ＳＪ５的戰況開始變得火熱。

託贊助商作家任性制定的狗屁——非常獨特且具個性的規則，以及某個人懸賞的1億點數（一百萬日幣）賞金的福，我們的蓮遭到眾人執拗的追殺，除了被巨大爆風吹進房子裡之外，還打從一開賽就受了許多苦難，不過她仍然活著。蓮是個堅強的孩子。

雖然在濃霧之中好不容易才找到的安全處所被不可次郎的電漿榴彈轟飛了，不過總算是逃過一劫，還成功跟不可次郎會合。

碧碧則已經逃走。不可次郎生氣了。都是妳害的。

蓮跟不可次郎以及老大三個人湊在一起，雖然是又躲又逃，還是因為能藉由掃描知道位置的蓮被多數以賞金為目標的敵人包圍。仍然處於危機之中。

在這樣的情況下，本屆的特殊規則「武裝切換」立刻有了活躍的機會。

蓮與不可次郎互相持有的武裝，是以防彈板製作出來的類似垃圾桶的物體——垃圾桶偽裝型兩人座人力行駛裝甲車輛與兩把光劍。

搭上這輛名為「ＰＭ號」的裝甲車後，負責提供動力的不可次郎與負責以光劍砍人的蓮，在濃霧中鏖殺包含實況玩家賽因在內的敵人集團，也就是把他們屠殺殆盡。真是辛苦了。

這個時候——

在戰場各個地方的伙伴們也以自己的方法活了下來。

夏莉以滑雪板在地圖東南方雪原戰場奔走，毫不留情地享受著在濃霧中的追緝。然後偶然遇見炸彈客的其中一人。真的是不小心就這麼遇見了。

從中央北部荒野戰場開始參賽的克拉倫斯，在與ＳＨＩＮＣ的塔妮亞會合後，就兩人一起融洽地全力奔跑，也就是到處逃竄。接著抵達戰場中央的城堡，比任何人都要快發現某個重要訊息。

Pitohui選擇躲藏在中央南部的森林裡悠閒地度過這段時間。人生還是悠閒一點才好。

最辛苦的就是Ｍ了。

從東北的都市區開始參賽的他，救了被敵人追趕而逃到附近的ＳＨＩＮＣ成員安娜。而她正是ＳＨＩＮＣ隊長標誌的持有者。也就是位置會被發現的人。

由於害怕被以強隊為目標的炸彈客小隊盯上，Ｍ就跟她一起以找到的車輛帥氣地兜風來全力躲避敵人。

但果然還是被找到並且捲入大爆炸之中。除了被吹飛到雪原戰場之外，還遭到許多敵人包圍，陷入危機之中。最後是在該處大殺四方的夏莉拯救了拚死戰鬥的兩個人。

臨別時，夏莉沒有射擊M與安娜，兩個人也沒有對夏莉開槍。

接著M與安娜就在森林戰場與蓮她們還有Pitohui會合。

比賽開始經過一個小時。濃霧一口氣散去，ＳＪ５的戰場現出了全貌。ＳＪ５的戰場竟然是在標高３０００公尺的台地頂端。

而這座台地還從邊緣不斷地崩塌。最後只會剩下中央直徑３公里的圓形城堡，這種實在莫名其──應該說極為特殊的規則。於是蓮他們開始朝城堡前進。沒有時間繼續待在森林裡了。

蓮等人原本無法突破抵達城堡前最後的空曠地帶，結果是自爆小隊其中一人的自爆引起的土塵救了他們。

其實他早已經跟夏莉聯手。自爆是為了讓跟蓮他們同樣動彈不得的夏莉能夠順利進城而使出的伴攻。

但夏莉卻因為相信某種直覺而沒有展開行動。

當蓮他們抵達城下，接著土塵漸漸散去的時候，夏莉充滿執念的一擊移動了８００公尺的距離命中了Pitohui的頭部。

遭開花彈直擊的Pitohui喪生。

目擊她悲慘的死狀後，蓮受到相當大的衝擊。

嗯，在至今為止的ＳＪ裡，數次用殘忍方法殺害Pitohui的其實就是蓮。不過這是兩碼子事。

就這樣，ＳＪ５即將進入尾聲。

蓮他們將面對城堡內嚴苛的戰鬥。

死亡後遭傳送到待機處的Pitohui，在該處又看見了新的特殊規則。

「就算死了，也還有事情可以做吧？沒錯，就是變成鬼再次出現。所以各位——要不要變成『幽靈』看看呢？」

SECT.10 第十章　城堡的陷阱。或許應該說碧碧的陷阱

ＳＪ５開始後經過一個小時又六分鐘。時間來到十四點六分。

「知道了。進入城堡吧！」

雖然Ｍ這麼說，但隊友沒有馬上行動。

因為看到了那個光景。目光都被吸引住了。

地圖中央的巨大城門處——

亮起「Ｄｅａｄ」標籤，趴在地上的Pitohui屍體旁邊——

蓮、不可次郎、老大、安娜，也就是除了Ｍ之外存活下來的眾人都在看。就這樣一直看著。

看著大地逐漸崩壞的模樣。

自己的腳邊一直持續著震度二左右的晃動，不過視界內就能看見原因。到剛才為止我方都還躲藏在５００公尺左右前方的森林裡，現在那座森林已經消失了。

雖然從這裡看不見，但是森林樹木底下的大地，應該就像是年代久遠而劣化的海綿一樣一塊塊地崩落了吧。生長在上面的巨樹也紛紛落下並且消失，森林的綠色不斷變淡。

最後——

「Goodbye forest……」

不可次郎以低沉聲音悲傷地如此呢喃，同一時間以大量綠色為傲的森林也完全消失在視界當中。不知道她為什麼要說英文，而且問了也沒用，所以蓮也就不問了。

接著剛才拚死才通過的５００公尺寬荒野開始消失。

「Goodbye earth……」

蓮沒有詢問不可次郎為什麼要呢喃。只是像感到很稀奇般看著眼前的景色。

當蓮他們的目光被雄壯的景色吸引時——

只有Ｍ一個人沒有絲毫鬆懈。

他瞪著相反方向，也就是城堡的內部，在由兩片盾牌組合起來的個人防盾後方，把ＭＧ５機槍架在腰間。

由於城牆的寬度有50公尺，所以城門的長度也差不多，形成了高10公尺，寬20公尺的漆黑隧道。

出口側發出明亮的光芒。目前仍看不到其他人影。

看著大地崩壞的蓮……

「啊，右側……」

注意到那個了。

從蓮他們這邊看過去的右側，可以看到一名玩家正在荒野上奔跑。

那是一名身穿深綠色連身服的陌生男性。他拚命動著腳來全力奔跑。目標是這邊，亦即城堡的方向。

從所在位置來看，他應該是一直躲藏在戰場的西南方邊緣吧。然後到了現在才急忙為了生存下來而死命地奔跑。

他與城堡之間還有300公尺以上的距離，這是一個非常殘酷的數字。

「啊啊，那樣應該來不及了。」

老大淡淡地這麼說道。

為了贏得優勝，對方應該算是敵人，所以單純認為他在這裡消失是一件令人高興的事——加油啊！

蓮本身也是剛剛才死命跑過那個空間的人。所以總是會忍不住幫對方加油。

「嗯，那樣來不及了。」

不可次郎也毫無感情地丟出這麼一句話……

「來不及的話，飛起來就好啊。」

「嗯，這裡不是ALO。」

蓮還是吐嘈了她一下。在不可次郎的老巢ALO裡每個玩家都是精靈，所以只要想在空中自由飛翔，沒錯，就能使用翅膀。

下一個瞬間，奔跑的男人周圍開始出現點點土塵。接著從頭上傳出小小的清脆槍聲。

在安全地帶的某個人，試圖撿便宜幹掉拚命想要活下來的男人。

「太殘忍了吧。不過這也是沒辦法的事。」

老大以低沉的聲音表示。

若沒有自爆小隊的援護（？），那說不定就是我方的模樣了。

男人拚命跑了幾秒鐘……

「啊！啊啊……」

蓮的眼前，大概是200公尺左右之外，男人無聲地直接倒了下去。

由於看到小小的紅色中彈特效，所以應該是哪邊被擊中了吧。

然後在看不見「Dead」標籤，也就是仍存活的狀態下被捲入地面的崩壞而消失不見。

在大地崩壞的聲音與哀戚空氣流經的城門……

「真是可憐啊……」

傳出不可次郎老爺爺感到悲傷的聲音。

「再靠近一點……老朽就能用槍榴彈解決他了……」

由於見證了陌生男人悲壯的命運，所以蓮他們沒有發覺。

在大家視線的左側，幾乎不確定能不能看見的地方，夏莉也進行著類似的決死奔跑。

「媽的糟糕媽的糟糕！不妙不妙不妙！」

嘴裡叫著髒話與非髒話，夏莉盡全力奔跑。

兩手將長長的愛槍——布拉賽爾R93戰術2型狙擊步槍保持在身體前方，拚命以再也無法加快的速度動著雙腳。

身體有幾個地方被即使在這種時候還是從城牆上方射擊的傢伙擊中。幸好全都沒有擊中骨頭，夏莉沒有因此降低奔跑的速度。這時她根本沒有多餘的心思去理疼痛感了。

跑了又跑被擊中又跑再次被擊中還是繼續跑——

當HP減少五成時，夏莉好不容易來到城門附近。

但是崩壞已經逼近到她的身邊了。

夏莉不用回頭，光靠聲音就能知道。無法保證現在離開地面的腳有沒有下一個地方可以踩。

「冰的接下來──是土嗎!可惡!」

在SJ4差點被裂開的冰層所殺的夏莉，以渾身解數的力量咒罵著。

雖然抵達巨大城門前面，但崩壞的聲音已經近到似乎可以拍打她肩膀的距離。

「喝呀啊啊啊啊啊啊啊!」

夏莉最後隨著現實世界不太會發出的吼叫聲，朝著與城牆之間空出的空間跳躍。這是人生至今為止在VR世界最大的跳躍。

在空中前進的夏莉最後衝進城門裡。

抱著布拉賽爾R93戰術2型狙擊步槍在城門內的地面一滾再滾，最後頭砰一聲撞上隧道的側面牆壁才停下來。

「好痛。」

當她急忙站起來時──

「嗚哇!」

就忍不住發出驚訝的叫聲。自己眼前3公尺左右的前方，也就是城門外面變成了沒有任何東西的空間，亦即變成天空了。

看不見身後的夏莉本人並不知道，最後真的只差一點點就來不及了。

跳躍起來的腳踢向大地來到空中的剎那──那個地方就已經沒有地面了。

要是打算不跳躍就衝過那段距離，下一步應該就會踩空了吧。

在宛如動作電影最後一幕般危險的情況下，夏莉總算是保住了一命。

「太棒啦！」

夏莉回過頭去，朝著長度等於城牆厚度，也就是50公尺的隧道跑去。

然後因為靴子底部發出尖銳的聲響……

「哎呀……」

便改成偷偷摸摸的緩慢步行。

順便為了讓減少一半的HP回復而打下急救治療套件。目前還剩下兩根。

當夏莉的HP開始緩緩回復時，在距離數百公尺之外的地點……

「真是絕景！真是絕景！」

不可次郎低頭看著從自己靴子前端30公分處開始出現的3000公尺底下的大地，同時興奮地大叫著。

「太高了，好恐怖……」

蓮也老實地說出感想，接著從城門旁往後退。

大地崩壞在快接近城門外側的地方停了下來。

城牆外側面與大地呈齊平——也就是一直線。真可以說是一面絕壁。現在這個直徑3公里的圓形，正處於同樣高度的圓筒頂端。

「真是的，所以說真受不了平常沒辦法飛的傢伙。」

不可次郎露出驕傲的表情對膽怯的蓮這麼說道……

「不去ALO的理由又增加了。」

蓮一臉認真地回答。最大的理由，是她在那裡面的虛擬角色是超高挑的美女。

「只要嘗過一次獲得翅膀飛翔的感覺，就會舒服到戒不掉喲。」

「別說得好像吸毒一樣。」

在完全想著其他事情的兩個人身後，獨自一人保持著警戒的M……

「差不多該走了。」

對所有人——主要是自己隊上的兩名小不點這麼說道。帶隊的人真的很辛苦。

「啊，了解了。」

蓮靈巧地轉身，這個時候，Pitohui的屍體稍微進入她的視界當中。

在天堂——不對，是地獄——也不對，在待機室看著吧，Pito小姐。我會努力的。

蓮在內心如此呢喃，然後握緊連消音器都塗成粉紅色的P90。

「我也會努力！」

說得好，小P。

「哎呀……因為裝了消音器……我要小聲地說……我會努力喔……」

呵呵呵。小P真是太機靈了。

「喂，蓮！要把妳丟下來嘍！妳在看哪裡啊？眼神很恐怖耶。」

「老大。其他成員有回應嗎？」

慎重地走在長50公尺的黑暗隧道中央，M沒有回頭就對身後的老大這麼問道。

順帶一提，之所以走在隧道中央，是因為牆邊的話會害怕跳彈。

據說射出的子彈命中牆壁的話通常會變成跳彈，屆時將會沿著更靠近牆壁的角度飛走。也就是反射角很容易變得比入射角小。

這樣的話跟牆邊比起來——中央可能會比較安全一些。說起來這算是生活的小智慧，不對，應該是戰場的小智慧。

GGO玩家就是藉由數次走在牆邊被擊中這樣的親身經歷，才學會這種在和平日本的日常生活中用不到的知識。

綁辮子的大猩猩，或者應該說老大，穩穩把ＶＳＳ扛在肩膀上，一邊做好一看到隧道前方亮處有動靜就開火的萬全準備，一邊跟在Ｍ的左後方。

「還沒有回應。」

厚厚的嘴唇微微動著。

ＳＨＩＮＣ的成員裡面，老大跟安娜就在這裡。塔妮亞則在城堡的高處。其他還有蘇菲與羅莎——兩名ＰＫＭ機槍使用者，以及高超的狙擊手冬馬。

從同伴的狀態顯示可以知道她們仍未死亡，但即使用通訊道具呼叫，從剛才就一直沒有得到任何回應。

這只會有一種可能性。

三個人正在完全沒有空說話的地方。亦即敵人就在身邊，只要一開口就會被發現的地點。

簡單來說就是危險狀態。

安娜也很清楚這一點，因此以嚴肅的表情跟在老大身後。

安娜雖然沒有拿下成為她註冊商標的太陽眼鏡，不過即使在這種微暗的環境也能看得見周圍。因為遊戲內的太陽眼鏡不過是裝飾品。能見度會自動調整。

最後面的是雙手輕輕拿著ＭＧＬ—１４０的不可次郎。然後是蓮。

由於蓮是殿後，所以就臉朝後方倒退著走並且警戒周圍。

倒退走的蓮，其視界前方明亮的城門入口外面，大地已經完全崩塌——

但也不是這樣就無法從外面進入。只要用繩索從城牆上降下來就可以了。

不然就是城牆外側其實凹凸不平，也能夠把這些地方當成施力點與立足點，以像是攀岩的方式降下來。

其實正常來看，就算是在遊戲裡，只要掉下來就會立刻死亡，所以應該不會這麼做。

但是1億點數的誘惑力實在太大，說不定會有忍不住賭上虛擬性命來嘗試的人出現。

由於實在無法忍受包含自己在內的所有小隊成員被如此奇特的某個人殺害，所以蓮沒有絲毫放鬆後方的警戒。

因為伙伴不可能會做出這種事，因此她瞪大了眼睛，打算只要瞄到任何會動的東西就開槍。

剛才十四點整的時候，彈藥、能源已經完全回復了。

小P跟小Vor的殘彈數都全滿了。至今為止砍死許多人而消耗許多能源的兩把第二武裝的光劍也已恢復能源。

蓮與其他成員都遵循特殊規則的建議，讓殘彈的百分比顯示與彈數同時顯現出來。現在由於蓮一發子彈都沒發射，所以當然還是100%。

接下來已經沒有自動回復，在完成最後一擊時，也就是幹掉某個人的時候，會依照自己的殘彈百分比數回復彈藥。

特殊規則所寫的是——剩下0％到10％將會回復到50％。

同樣的，剩下30％回復到60％。50％則到70％。到79％則是80％。80％以上則不會回復。

由於擔心拚命射擊而彈藥不足，所以會想積極爭取最後一擊的機會，但仍不清楚接下來的情況是不是能一邊注意這種事情一邊戰鬥。

另外如果是跟同伴爭奪最後一擊就沒有意義，但老實說蓮又覺得根本沒有多餘的心思把最後一擊讓給彈數最少的人。

在隧道內慢慢前進的M，當距離剩下30公尺左右時……

「克拉倫斯。妳目前在能安全說話的地點嗎？」

就透過通訊道具這麼問道。

「是喔是喔，我是喔。」

從克拉倫斯那裡傳回極為悠閒的回答。她似乎可以開口說話。

「從上面能知道城內的模樣嗎？我們現在準備要從接近正南方這裡穿越城門。」

「看得到喔。咦咦咦？我剛才沒有說嗎？」

完全沒有。

M他們也沒有問。

因為在大地崩壞前必須趕到城堡，所以根本沒有空管這種事情。

「拜託了，把所有知道的事情全說出來吧。」

「ＯＫ。那個……這座城堡很圓很圓，地圖顯示直徑有3公里。很大喔。簡直像座城市。厚厚的城牆內側是寬數百公尺的甜甜圈，道路左彎右拐有時還是死路，總之非常混亂就對了。就像是那個……遊樂園裡的迷宮。不太知道怎麼樣才能到中央來。剛才我跟塔妮亞在霧裡面隨便亂走，不知不覺間就抵達了。或許是剛才還沒變成這麼複雜的迷宮。」

蓮他們一邊聽著克拉倫斯的報告，一邊在腦袋裡描繪城堡的模樣。

她表示穿越這條隧道之後有一座遊樂園。啊，那真是太棒了。要不要收門票呢？

另外，迷宮會因為時間而尚未形成是遊戲裡經常出現的情況。因此而在意或者生氣就輸了。

「然後圓型的中央就是城堡的中心？還是主堡？總之就是有一座很大的建築物就對了。它的直徑有2公里左右。從地面算起來，高度是數十公尺吧？像是蛋糕的基底那樣。中央部的屋頂是圓型的廣場。平坦的地點設置了各種障礙物，是適合戰鬥的地方。嗯，就像『競技場風貌演習戰場』那樣。」

演習戰場是ＧＧＯ初學者，不對，其實就算不是初學者也會在那裡進行射擊練習或者其他訓練的地點總稱。

其中「競技場風貌演習戰場」是最為簡單的類型。

該處是水泥地般極為平坦的地面，材質則是GGO常見的謎樣物質。完全沒有凹凸不平的地方。顏色則是灰色。

然後為了有適切的藏身處，場上散布著把板子切下來後放上去的街壘，或者可以說障礙物。

街壘為了醒目而塗成乳白色。尺寸是長與寬各2公尺左右。有的是單純的長方形，有的則為了容易架槍而角落處呈階梯狀。厚度不到十公分，材質依然是謎。

其實這些街壘有耐久力設定，也就是「射了會壞掉」。

大約可以抵擋10發手槍子彈，5發步槍子彈，之後就會超越耐久值而突然壞掉，整個道具就此消失。

重點是它並非隨著中彈而逐漸被刨除然後損壞，而是受到一定傷害後就會瞬間消失，這也是它恐怖的地方。

然後這些街壘消滅後經過十秒就會再次實體化回到原處。因為不復原的話，將會隨著持續戰鬥而變成像被火肆虐過的原野。

也就是「不是能一直躲在同一個地方」的設定，讓玩家沒辦法持續占據同一處。算是必須到處移動的訓練場所。

GGO玩家就在這些演習戰場盡情地射擊，提升技術後才離開這裡。

「那座廣場與城牆是由又細又長的橋梁連結。總共有好幾條喔。但絕對會被從各個地方射擊，還是別用比較好。我看還是乖乖突破迷宮來這裡吧。我目前是在基底圓周上一座圓塔的上面，前端是尖形，下方有個像是鐘樓的空間，但裡面沒有鐘。從下面算起來的高度大概是100公尺左右吧。景色非常好。嗯……是呈等間隔的八座塔裡最北方那一座。以上報告完畢！」

蓮腦袋裡誕生了綠色高盤子上放著聖誕節蛋糕，然後還插著八根蠟燭的畫。看起來很好吃呢。

「我知道了，謝謝妳。如果是安全的地點，就一直待在那裡吧。看見下方有敵人就開槍沒關係。」

M剛說完的瞬間——

就傳出「啪鏘」一聲……

「呀！」

同時還參雜了克拉倫斯的悲鳴。

中彈了？

這麼想的蓮，克拉倫斯在她視界左上方原本全滿的HP條一口氣減少了許多。

ＨＰ條的綠色馬上變成黃色。好恐怖的速度。

不會立刻死亡吧……？就像Pitohui小姐那樣！

當蓮在腦袋裡預想著最糟糕的事態時，變成鮮紅色的ＨＰ條停止減少。

好不容易剩下一成。這絕對是差點就被擊中會造成致命傷的地方了。

「好痛！被狙擊了！可惡！」

某個人似乎漂亮地射穿從高塔探出身子的克拉倫斯。

不過，是從哪裡呢？

「啊，這下完了！有人爬到旁邊的塔上了！只要稍微露臉，就會『咻』一聲——然後被擊中！」

在克拉倫斯哭著抱怨的期間，還在極短的時間內參雜了「嗶噓！啪噓！啪鏘！」的劇烈著彈聲。看來是受到猛烈的狙擊。從連射速度來看，對方絕對是使用了自動式的狙擊槍。

蓮在腦袋裡計算著。

直徑２公里的城堡本體——蛋糕基底的圓周長約６．３公里。有八座塔的話，除起來就會先出現７然後是８，大約是７８０公尺的間隔。

實際上不是圓弧而是以直線最短距離來瞄準，所以射擊距離會更短一點——啊啊真是的，沒辦法用心算。哪個人計算一下吧。應該是７６５公尺左右。

如果是高超的狙擊手，這確實是能完成狙擊的距離。雖然絕對算不上簡單，不過對方竟然能第一發就擊中。

「謝謝。躲起來好好回復吧。」

M這麼說道。

沒有什麼比能從上方獲得詳細情報提供更大的幫助了，但只要不想辦法處理隔壁高塔上的狙擊手，要再叫克拉倫斯與塔妮亞露臉就太過分了。

順帶一提，兩人的愛槍AR—57與野牛衝鋒槍，不論再怎麼努力都無法從這個距離瞄準並且還擊。

當然子彈還是能夠抵達該處，也有讓槍口在仰角的情況下掃射的方法——但除了無法期待命中率之外，在射擊時被狙擊的話就死定了。

槍械的有效射程是相當殘酷的數字，沒有什麼奇蹟的話，無法贏過射程較長的槍械。

「我當然會這麼做！想爬上螺旋階梯的傢伙，不但可以從上面射擊也可以丟手榴彈下去！只要趴下來，我想真的可以躲在這裡直到遊戲結束！所以小隊不會全滅喔！不過，我很寂寞，大家快點過來吧！」

「我們也會以中央廣場為目標，不過還是得先找到SHINC的其他成員並且跟她們會合！」

「那同隊的夏莉也拜託你們了！我的第二武裝在她那裡，我想使用練習過的散彈槍啊！好不容易花大錢買來的武器，至少也要用它朝著某個人的臉開個一槍啊！」

面對克拉倫斯如此大言不慚的任性請託……

「知道了，我會想辦法。」

還是如此回答的M真的是很溫柔的男性。

「對了，正如妳所知道的，Pito剛才被幹掉了——」

「嗯嗯。」

「是被一發狙擊奪走性命。從給予的傷害量來看，下手的應該是夏莉。」

「嗚哇！太厲害了！很有一套嘛！夏莉真的拚了！」

「嗯，確實很努力。」

「可惡！好想當她那時候的觀測手！」

現在的他們，正很開心般聊著伙伴屠殺伙伴的事情——

不過這是這支隊伍時常出現的事情。請不用在意。

「沒能幹掉她嗎……」

這個時候，在克拉倫斯與塔妮亞所在的隔壁一座塔，同樣占據了尖端底下狹小空間的是MMTM小隊的其中一名成員——勒克斯。

身穿熟悉的制服——以幾條直線基調區分幾種不同綠色的丹麥軍迷彩服，肩膀上有咬著小刀的骷顱頭臂章。臉上則戴著成為他註冊商標的墨鏡。

在尖塔的最頂端空間裡，包圍四角的石柱後方，他正以放在三腳架上的長長狙擊槍進行瞄準。

狙擊槍的名字是F&D Defense公司製的「FD338」。

在美國一帶有AR步槍——也就是M16，或者口徑更大的AR25等最有名的槍械。許多公司使用其專利權消滅後的設計推出了各式各樣的槍械，而FD338也是其中之一。

特徵是槍機拉柄的位置在左側面。不像其他的AR系列那樣是在槍械後方上部。槍口前端附帶巨大的砲口制動器。這是把開槍時的氣體往斜後方排出來降低後座力的零件。

正如從剛才的高速連射所能知道的，它是每扣扳機就會半自動射擊的自動式狙擊槍。

口徑正如其名稱所表示的「.338拉普麥格農」。

是對人狙擊槍所使用的子彈裡最大等級，且以最大有效射程達1500公尺為傲的極強力且高準度的彈藥。

由於是長距離對人狙擊用的子彈，所以基本上是由能完成高準度狙擊的手動槍機式步槍使用。

因此不論是在ＧＧＯ還是現實世界，能夠半自動擊發這種子彈的步槍都不會太多。雖然有各種說法，不過上市的商品裡，這把槍被認為是全世界第一把。

由於屬於新型槍械，所以ＦＤ３３８自動式狙擊槍在ＧＧＯ裡相當昂貴，這次隊上的槍械迷勒克斯特別花了一大筆錢把它買下來，並且帶到ＳＪ５參賽。

這件事不太能向隊友提出，不過他從現實世界的存款裡投入了一大筆金錢。要是聽見那個金額，其他人一定會感到難以置信。

至今為止ＭＭＴＭ小隊裡最常更替槍械的就是勒克斯。

ＳＪ１與ＳＪ２時，他跟健太同樣都是使用德國Ｈ＆Ｋ公司製作的「Ｇ３６Ｋ」突擊步槍。口徑是5.56毫米。

ＳＪ３時，對於隊上沒有狙擊手一事感到不利，所以試圖轉職。於是改拿同樣是Ｈ＆Ｋ公司的「ＭＳＧ９０」這把7.62毫米口徑的自動式狙擊槍。

在ＳＪ３尾聲時的豪華客船攻防戰，加入背叛者小隊的他持續以狙擊來牽制隊長，可以說相當活躍。雖然勒克斯最後也因此而溺死就是了。

但是ＳＪ４——在機場與蓮他們戰鬥時，他從高速行駛的trike上面摔下來。這時不只是因為交通事故而死亡，整個跌落到飛機跑道上的ＭＳＧ９０也折斷而變得破爛不堪，讓他遭遇到槍械全損而報廢的不幸。我的天啊。那把槍很貴的啊。

前些日子參加Five Ordeals時，沒辦法的他只能從槍械收藏裡拿出自衛隊的新型步槍「豐和２０式突擊步槍」，這把槍的口徑是5.56毫米。由於不適合長距離狙擊，所以這次又換了新的槍械。

這時勒克斯本人盤坐在地板上，把ＦＤ３３８放在調整成合適高度的三腳架上持續瞄準對手。

他提升安裝在槍械上的瞄準鏡倍率，用它窺看著隔壁的尖塔。

勒克斯的起始地點是靠近城堡的雪原，因此遊戲開始不久後就發現城堡。算是相當幸運的男人。

但倒楣的是，他直接就進入城門了。沒有閱讀到出現在牆壁上那些以明朝體寫成的重要提醒。

處身於濃霧中的他在幾乎沒有任何人的城堡以及裡面的城鎮徘徊，好不容易才抵達城中央。

爬上裡面的階梯來到了中央廣場，接著躲藏在該處的掩蔽物後方。

不過當然看不見任何東西，也沒有敵人來到近處，只能在霧裡度過一段無聊的時間。因為實在太過無聊，甚至讓他產生乾脆睡個午覺的念頭。

就這樣經過漫長的等待後，濃霧散去的時間到來——

在附近所能看到的是聳立的數座尖塔。還蓋了這種東西啊。

由於他是狙擊手，一瞬間就知道爬到那個上面對自己有利。於是全力衝刺到裡面，跑上了螺旋階梯。

在最上方架好三腳架與槍械，開始拚命尋找能狙擊的敵人。

然後再次遇見旁邊的尖塔來了可恨ＬＰＦＭ與ＳＨＩＮＣ成員這種幸運事件。

不過當他發現ＬＰＦＭ那個光明正大地探出身子使用雙筒望遠鏡，完全處於鬆懈狀態的寶塚角色時，又遭遇到最初的一擊沒能奪走其性命的不幸。

看來他射擊的子彈並非直接擊中克拉倫斯。瞄準稍微失準，子彈擊中尖塔的石柱，反彈之後才貫穿克拉倫斯。

到剛才都還漫不經心的她，現在已經不再探頭了。還有另一個人，從迷彩服來看是ＳＨＩＮＣ的白髮女應該也在，但是也無法瞄準她了。

明明命中了卻無法奪其性命當然很讓人懊惱，但現在得先報告才行。

他對著通訊道具開口表示：

「隊長，我占據了城中央，北北西的尖塔。隨時都可用狙擊提供支援。隔壁的塔有LPFM的寶塚和SHINC的白髮。沒能把她們解決掉。不過她們不敢露臉了。」

「幹得好，勒克斯。」

大衛沉著的聲音傳了回來。

然後也追加了這樣的情報。

「大家聽我說，我們要跟ZEMAL聯手。發現ZEMAL的成員也不要開槍，要提供支援。還有另一件事。即使可以攻擊到蓮跟她的搭檔也盡量不要開槍。因為有位小姐無論如何都想親手解決掉粉紅色的小不點他們，我們就幫忙吧。那個人跟我約好了，她幹掉蓮的話，1億點會跟我們平分。」

一瞬間嚇了一跳的勒克斯瞪大太陽眼鏡底下的眼睛，不過接著就咧嘴笑著表示：

「了解！越來越有意思了。對了隊長，你人在哪裡？」

M他們前進的隧道剩下15公尺。

明亮的出口處沒有敵人的身影。外面實在太亮，根本看不見目前的狀況。

時間是十四點九分。

「M，你覺得接下來的掃描會如何？」

聽見老大的問題後……

「不知道。」

被詢問的壯漢就老實地回答。不清楚的事情不用打腫臉充胖子直接說不知道。M這個男人就是如此誠實。

在戰場只剩下城堡的現在，衛星掃描會跟至今為止一樣進行，還是有別的規則呢？

SJ3的時候，在浮現的豪華客船裡，掃描就沒有繼續進行下去了。

相對地，衛星掃描接收器顯示出船內詳細的地圖，每隔五分鐘就會自動顯示生存角色的位置。

M一邊前進一邊出聲對背後的伙伴們做出指示：

「進入城鎮之後，就一直由我來打頭陣。狹窄通路的話盾牌與機槍比較能發揮效果。老大與安娜提供輔助。尤其是要警戒上面，也就是來自於城牆與中央的狙擊。不可則應需要發動砲擊，但在狹窄的地點要避免水平發射。蓮同樣殿後，有餘力的話就幫忙看掃描器畫面。接下來沒有什麼有效的作戰。總之就是朝中央移動，看到的敵人全部幹掉。老大一有隊員們的情報就馬上告訴我。」

所有人都回覆簡短的正面回應。

蓮雖然一直受到保護，不過這個時候也沒辦法了。

很好，準備上場了。

當蓮在內心這麼呢喃時，隧道的出口——也就是城堡內城鎮的入口以及十四點十分幾乎是同時靠近。

剩下2公尺左右，M就重新拿好左手的盾牌，只靠右手保持著MG5……

「要上了。先由我一個人衝進城鎮。」

然後這麼說道。

M沒有偷偷摸摸地從隧道出口窺探城鎮，而是直接快速衝進裡面的理由是——

如果有人在那裡等待並且開槍，就能順勢被擊中成為誘餌。因為手上有盾牌，所以立即死亡的機率應該比其他人都低才對。

假如在隧道出口只探頭出去窺探周圍時被擊中，陷入身體的子彈有可能會擊中仍在隧道裡的其他人。必須得避免這種情況出現。

說起來，就是打算獨自承受所有攻擊。

「嘿！」

M巨大的腳隨著即將面臨戰鬥的吼叫聲一起踢向地面時，時間正好是十四點十分。

到剛才都沒有消息的蘇菲，這時慌張的聲音傳進老大的耳朵裡。

「老大！如果還沒進入城鎮，那就絕對不要進來！」

時間來到十四點十分的同時……

衝出去的M腳才剛跨出隧道一步……

「什麼？M——等等！別進去！」

老大也開口這麼大叫。

結果還是來不及了。

同時發生了許多事情。

手上拿著的掃描器開始震動，看著它的蓮，眼睛裡映照出畫面出現的文字。

「SJ5特殊規則。十四點十分追加情報。

城裡面不會發動衛星掃描。

相對的，城牆內部城鎮裡50公尺以內角色的名字與直線距離，已設定成會從距離較近的地點依序以浮標的形式出現在視界裡（認為礙眼的話可以擊點空中令其從視界中消失）。」

M的視界裡可以看見以茶色石頭建造的城內模樣。通道只有2到3公尺的寬度，是一座像是巷弄般的狹窄城鎮。由於左右兩邊並排著滿滿的平房，通道全被牆壁包夾住。因為看不見入口，所以房子單純是構成迷宮用的道具吧。

其茶色牆壁的後方……

「KEES　41m」

「BOB　46m」

「YAMATYANN　49m」

依照距離較近的順序連續出現三個浮標。每個浮標出現時，腦袋裡都會響起「叮」的可愛聲音。那是系統為了引起注意的親切效果音。

「可惡！」

在M出聲咒罵的同時，就踩著倒退的腳步回到剛剛才離開的隧道裡。

但已經太遲了。

安娜的視界裡，看見衝出去的M背後出現一個小小綠色浮標以及……

「M　5m」

這樣的文字。

待在安娜後面3公尺處的不可次郎視界裡……

「　Ｍ　８ｍ　」

則出現這樣的文字。

這些文字與浮標都與隧道內側的牆壁重疊在一起。

也就是說這個浮標、名字與距離，在途中不論是遇見牆壁還是房子都會出現，所在位置隨時會被發現。

「看到Ｍ了！浮標只出現一下子！你看到了嗎？」

「嗯！南邊24公尺對吧！Ｍ在的話……其實參賽了的粉紅小不點可能也在對吧？」

「是啊！去打倒她吧！1億點比優勝更重要！」

知道Ｍ位置的三個人——

也就是登錄名稱為ＫＥＥＲＳ、ＢＯＢ以及ＹＡＭＡＴＹＡＮＮ交換了這樣的對話。

「被擺了一道……」

回到隧道內的M以苦澀的口氣這麼表示。

「抱歉……再早個幾秒鐘的話……」

雖然老大感到內疚而開口說著，但這並非老大的錯。真要說的話，只是時機差到了極點。

「蘇菲、羅莎、冬馬──沒事吧。」

老大這麼問道。雖然知道她們的HP仍未歸零，但這是包含除此之外許多事情的提問。

蘇菲做出回答：

「雖然沒事，但在隧道裡面。到剛才為止──遇到許多狀況！」

「沒事就好。我們在南側的城門。」

「嗯，我們在北側！大約是正對面！」

也就是距離3公里之外最遠的地方。

「北邊嗎……」

M回應了老大的呢喃。

「無論如何都要活下來。告訴她們，希望她們奮戰到底。」

「了解！」

城牆的另一邊，北側的城門隧道內──

ＳＨＩＮＣ剩下的三個人蘇菲、羅莎以及冬馬正置身其中。

又矮又胖，有著矮人族般體格的蘇菲。

個子高，留著一頭紅色短髮且滿臉雀斑，散發出堅毅大媽氣氛的羅莎。

瘦高且有一頭黑髮，頭戴綠色針織帽的冬馬。

蘇菲與羅莎是ＳＨＩＮＣ的主要火力，也就是機槍手。愛用的機槍都是蘇聯製的ＰＫＭ。

ＳＪ２以後，蘇菲就負責搬運「捷格加廖夫ＰＴＲＤ１９４１」反坦克步槍。

順帶一提，說是「反坦克步槍」，ＳＪ裡也無法射擊戰車。

是作為大口徑反器材步槍，也就是「非常強力的狙擊槍」來使用。射手則是隊上最高超的狙擊手冬馬。

就算是可搬運重量相當大的蘇菲，也實在無法兩種槍械都搬運，所以只能放棄機關槍──

但這次的特殊規則倒是幫了大忙。靠著它，蘇菲能跟之前一樣攜帶愛槍ＰＫＭ並且使用。

冬馬把作為蘇菲第二武裝的ＰＴＲＤ１９４１與其彈藥收納到倉庫欄裡來搬運。打算應該使用的時候就以切換加以實體化，然後立刻把它交給冬馬。

雖然做法跟一般的武裝切換不同，但並沒有禁止這麼做。完全沒問題。

蘇菲搬運的第二武裝，是從上一次的任務Five Ordeals開始使用的槍榴彈發射器「GM—94」。

明明是槍榴彈發射器卻是手動槍機式，最多四連發的古怪武器。

這把武器也是切換結束的話會出現在冬馬手邊，到時候打算立刻把它交給蘇菲。

到目前為止，或者應該說，一直到剛才——

三個人大致上都很順利，也就是沒有受什麼傷就在SJ5待到現在。

蘇菲的起始地點是戰場地圖西北方的山岳地帶，冬馬則是略微下方的高速公路上。

兩個人立刻就找到藏身地點，沒有被任何人發現就平安度過一個小時。

羅莎是在占據地圖東南方四分之一的雪原戰場，靠近其北側邊緣的位置開始遊戲。

由於雪上沒有遮蔽物，所以並不適合待機。羅莎立刻移動到朦朧可見的都市區。

她就這樣不發出任何聲音，一直躲藏在濃霧裡的雄偉大樓當中——

但也因此而差點被捲進自爆小隊在十三點四十分過後以安娜與M為目標的大爆炸當中。

爆風襲擊了躲藏的大樓，由於玻璃原本就破掉了，室內的所有東西都被吹走。自己也像是被掃出去的塵埃一樣，順便被從房間裡丟出去。在地上滾了好幾圈。整個人頭昏眼花。

相對地，也因此沒有被捲入之後發生的大樓崩塌之中。雖然是結果論，也只有受到輕傷。如果待的地方再靠近房間中央一點，就不會被吹到室外，也就會被壓死了吧。真的非常幸運。

羅莎放棄與獨自往前奔馳的安娜會合，繼續往西邊移動。避開荒野戰場，一直躲藏在朦朧霧氣裡的巨大岩石後面。

然後來到十四點，就聽見來自塔妮亞的警告。

所有人都沒有多餘的心思回答，只能全力朝城堡前進。

距離最遙遠的冬馬之所以能趕得上，是因為剛開始跑就在高速公路上發現了車輛。濃霧裡面，放置了一台手排的四輪驅動車——豐田「Land Cruiser ４０」。

這個時代不論是現實世界還是ＧＧＯ裡，還能駕駛手排車的人已經不多了。在市面上發售的新車將近半數是ＥＶ與ＰＨＶ的現在，要找到ＭＴ車可能還比較困難。

冬馬駕駛著Land Cruiser以高速奔馳，終於成功抵達城堡。

於是她便對於在故鄉指導自己駕駛ＭＴ車的父親獻上無盡的感謝。在ＧＧＯ裡幫了很大的忙。

途中發現用自己的雙腳大步奔跑的蘇菲並讓她搭便車，而且又在城牆附近遇見羅莎。這些都不過只是偶然。

尤其是羅莎，那個時候後面還有敵人——認為絕對來不及的傢伙，或許是想「死也要找人作伴」吧，只見他從後面發動猛烈的攻擊。

沒有蘇菲從副駕駛座以ＰＫＭ連射的話，羅莎應該會死在那裡吧。

三個人就像被崩塌的大地追趕一樣，連同Land Cruiser一起衝進城門。接著直接在內部奔馳，直到進入——應該說不小心就進入城鎮了。

然後才後悔不已。

一進入城鎮，從再也無法前進的Land Cruiser上面走下來的瞬間，眼前就出現浮標、名字與距離。

當然我方的位置也被發現了。立刻就受到偶然在隔了一面牆壁後面的兩名玩家猛烈的槍擊。

這次只能說是倒楣到了極點。三個人急忙轉過身子跑回隧道裡面。

雖然試著在50公尺的隧道裡迎擊敵人，結果被射進一發槍榴彈，一切就玩完了。

除了遭爆風吹飛之外，也被碎片擊中，各自失去將近一半的ＨＰ，當她們想到先外面去再從其他城門入內時——大地已經完全崩塌了。

三個人已經無路可逃。

充滿槍榴彈煙幕的隧道裡，心想「到此為止了嗎」的羅莎與蘇菲已經有死亡的覺悟。

但是……

「不能放棄！我們還有事情可以做！」

看見冬馬隨著發言一鍵解除所有裝備，兩個人就理解她要做什麼了。

「不見了……」

身穿紅褐色迷彩，手持AC—556F的男人，以及身穿美軍森林迷彩，在愛槍「M16A1」上加裝「M203」槍榴彈發射器的男人，在極為靠近城門的地方看著下方。

那是至今為止的GGO裡，以及所有VR遊戲都未曾見過的3000公尺斷崖絕壁。已經高到搞不清楚狀況了。看起來就像從飛機上往外看的景色。

稍早之前。

被自己逼入絕境的三名娘子軍因為煙霧而看不見身影，於是兩個人就對隧道內射出所有的子彈。老實說已經到誇張的地步了。

而且也發射了3發槍榴彈。老實說真的太誇張了。

當然他們也做好隧道內會展開猛烈反擊或者三人進行決死突擊的覺悟，但這些情況都沒有出現。

然後當煙霧散去後，兩人就在50公尺的隧道內前進，結果裡面沒有任何人，而且也沒有屍體……

「看來是掉下去了……」

「是掉下去了。別怨我們啊。好好成佛吧。」

兩個人做出結論後，就在絕壁的邊緣轉身離開。

沒有注意到那座城門外側的上方，也就是城牆上有三個人貼在上面。

現實世界是女子高中新體操社社員的SHINC諸成員——

不論在現實世界還是虛擬世界，在身體能力方面可以說不輸給任何人。

蘇菲等三個人一鍵解除了身上所有裝備，連靴子與襪子都收進倉庫欄，變身成只剩下迷彩戰鬥服的模樣後——

以微微凸起的部分作為施力與立足點來爬上城牆。

這是相當危險的行動。

三個人有好幾次都差點掉下去，兩名敵人只要有一瞬間往上看，她們也無法動彈只能乖乖變成槍靶了吧。那個時候蘇菲打算朝那兩個人落下，帶著他們跌落深淵。

就這樣，三名女性贏得了賭注。漂亮地避開兩個男人。

在男人們離開的同時爬下來，無聲地回到隧道裡之後——

光著腳默默從後面追上去的蘇菲與羅莎，在走出隧道的地方從後面默默勒住鬆懈的兩個男人的脖子。

「唔嘎唔咕！」

「咕嘎啊啊！」

慌了手腳的兩個人雖然舉槍亂射，但只是在周圍與隧道裡發出噪音，而且馬上就沒子彈了。

深深陷進兩人脖子裡的粗壯臂膀，直接拖著男人往後退去。目標是城堡外面。

男人們剛剛才看過那裡有什麼。

沒錯。什麼都沒有。

「喂，等等——不會吧，等一下！不對，請等一下！Please！」

茶褐色迷彩男這麼懇求著……

「哎呀，別這麼客氣嘛。」

蘇菲毫不容情地繼續拖著。

「嗚耶?快住手!等等!大姊,妳豐滿的胸部貼在我身上嘍!看吧!」

即使美軍森林迷彩男如此大叫……

「這有什麼,又不會少塊肉吧?」

羅莎依然毫不介意。豐滿的肉體還是沒有離開男人身邊。

「可惡!明明被胸部貼著!卻一點都不高興!」

「是嗎?太遺憾了,小鬼。」

「嗚嘎啊啊啊!」

丟臉地胡亂動著手腳,依然被拖了將近50公尺的兩個人……

「別怨我們啊。好好成佛吧。」

直接聽見剛才自己說過的話,接著就直接被丟往3000公尺的下方……

「臭傢伙————————————!」

「可惡啊啊啊啊啊啊啊啊啊啊啊啊啊啊啊!」

留下長長的都卜勒效應並且不斷往下掉。

羅莎她們目送著這一幕,但掉落的男人們沒有浮現「Dead」的標籤……

「也就是說那個嗎,在確實跌落3000公尺前都還活著。」

「可以享受跳傘的樂趣呢。」

獲得了今後不知道能不能派上用場的知識了。

就這樣，三人暫時得以脫離險境。

老大的命令……

「無論如何都要活下來！希望大家奮戰到底！」

是這樣的內容。

三人再次讓裝備上身，然後在隧道出口仔細地窺探城鎮內部。

靠著浮標能知道數十公尺前方有一個陌生姓名的玩家存在。

目前只有敵人單方面被看見，但只要踏出隧道一步，對方就能知道我方的位置。

而且前方是相當複雜的迷宮般城鎮。

也就是說，這是雖然知道對方的地點與距離，但完全不清楚該如何靠近的狀況。

「這種時候，應該採取的只有一種手段。」

女矮人穩穩地把ＰＫＭ架在腰間並且這麼說道……

「確實只有一種。」

ＰＫＭ同樣像是身體一部分的堅毅大媽也這麼表示。

「背後交給我。」

針織帽女揹著在狹窄地點不好發揮的德拉古諾夫狙擊槍，右手拿著從槍套拔出的「Strizh」手槍開口如此發言。

羅莎朝城鎮踏出一步，同時說著：

「隨機應變吧！」

經過十四點十分……

「原來如此，50公尺以內的話，就能知道敵人的所在地嗎……」

大衛在極靠近隧道外面的地方注意到城堡內部的規則。

因為偶然在50公尺內有某個人存在的關係。出現在視界裡的浮標是陌生的名字。

他目前是在位於城堡西北部的城門。

距離羅莎她們大約四個城門之外的地方，不過目前仍不知道彼此的位置。大概只知道剛才聽見好一陣槍聲。

大衛身邊可以看到因為各種原因而組成搭檔的紅髮美女，也就是機槍的女神——碧碧待在那裡。

將槍身改短的ＲＰＤ機槍架在腰間蹲著的她……

「越來越不想進到裡面去了。」

老實說出內心的想法。

雖然比不上被加諸1億點數懸賞的蓮，但大衛跟碧碧也都是知名人物。

從這裡出去，然後名字被發現的話，肯定會被當成目標吧。

「那就讓那些礙事的人到今天最出名的那個傢伙那邊去吧。」

大衛的嘴巴浮現出笑容……

「讓我說一句──『你也真是壞心』吧？」

美女也露出微笑。

大衛對碧碧發問：

「不過，在那之前──你們隊上存活下來的人在哪裡？」

雖然知道Sinohara與TomTom已經戰死，不過尚未聽見其他成員的消息。

ＺＥＭＡＬ剩下的三個人是──

肌肉棒子黑人虛擬角色，使用「ＭＩＮＩＭＩ・Ｍｋ４６」的麥克斯。

隊上最矮小，但體格相當健壯，鼻子上貼著膠帶是註冊商標的彼得。武器是以色列製的機關槍「內蓋夫」。

金髮整個往後梳的肌肉漢子，能輕鬆揮舞又大又重「M240B」的休伊。

三個人全都是揹著背包型供彈系統，能夠持續連射800到1000發子彈的火力狂人。

如果是伙伴的話，可以說是最可靠的傢伙。而且只要是碧碧說的話，他們都會乖乖聽命行事。

「麥克斯與彼得在東側的隧道待機。休伊在城鎮的某處，他本人表示『對不起，我不知道自己在哪裡』。不過都先報告了仍然存活的事實。」

「了解。那麼我們這邊──」

大衛開始傳達自身隊伍的詳細情報。

「勒克斯正如剛才所說的在西北的塔上。那是絕佳的狙擊與監視位置。賽門好像是在西側的城門內，應該離我們不遠才對。」

賽門是隊上最高大的男人，使用的槍械是「SCAR─L」突擊步槍。

地圖西端的高速公路是他的起始地點。聽說是在附近某台廢棄卡車的貨斗上悠閒地度過了五十分鐘。

他應該完全沒有注意到隊長其實就在附近的調車場吧。雖然差點因為崩塌而死，但受到警告後就不顧一切地全力衝刺，在最後關頭才趕到城門。

「傑克跟波魯特很幸運地已經會合了。大概是在東北東的城牆內。」

瘦削的傑克是MMTM唯一的機槍手，用的是H&K公司製的「HK21」。

波魯特是以自訂髮型選擇了辮子頭的時髦男。武器是貝瑞塔「ARX160」突擊步槍。

傑克是從雪原開始遊戲，不過認為該處地點不佳，很早就逃進都市區了，而且還因為大爆炸而朝西方前進。

也就是行動幾乎跟SHINC的羅莎是一模一樣，對於兩個人來說，在濃霧沒有發現彼此算是最幸運的事情了吧。

一旦遇見應該就會全力廝殺。兩把機關槍之間的近距離遭遇戰，只給人將會同歸於盡的預感。

波魯特是從都市區開始比賽。在拚命跑向城堡途中，從背後發現伙伴傑克的幸運傢伙。

「健太在南方的某個城門。因為大爆炸而差點陣亡。」

黑髮而且腳程是隊上最快的健太，所持的武器是「G36K」突擊步槍，雖然是從森林開始比賽，不過幸運的他在濃霧消散時正好就在城堡附近。

對於藉由訓練而長於小隊合作的MMTM來說，各自分散開來實在是很令人火——氣憤的特殊規則。大衛快按耐不住想對贊助者作家開槍的心情。

不過光是六個人幾乎沒有受傷就存活到現在，就可以說是非常棒的狀況了。他們應該是自他公認最接近優勝的隊伍了吧。但是實在無法對傷心的碧碧透露這個事實。怎麼說得出口呢。

「所有人都平安無事真是太好了。」

因此就讓她搶先一步說出口了。

「因此雖然很不好意思，不過可以麻煩健太跑腿嗎？」

為了隧道正面一出現敵人就開槍，把ＳＴＭ—５５６的槍口與視線朝向外面的大衛……

「噢……原來如此……」

隨即了解她的意圖。

雖然不清楚蓮他們在什麼地方——不對，或許已經死亡了，如果還活著的話，最有可能是在南邊吧。

跟蓮她們在住宅區分開之後，她們就往戰場地圖的南側中央前進。大衛他們則是前往北方。

如果在那裡迎接濃霧散去的時間，並且全力跑向城堡——然後尚未進入城內的話，現在應該在城堡南側的某個地方才對。距離健太最近。

只要讓健太以浮標位置發現蓮他們，我方就只要……

「1億點數就在那裡！現在的話絕對不會錯失幹掉她的機會！喂喂，我們還有時間在這裡戰鬥嗎？」

如此大聲宣傳，把敵人全都推向蓮那邊，這就是作戰計畫。

「就這麼辦吧。」

速判速決的大衛今天依然健在。

當大衛準備向健太搭話時……

「然後——」

碧碧又繼續開口來制止了他。

「等敵人都盯上蓮之後，我們所有人就應該全力朝城堡中央前進。」

這句話讓大衛歪起頭來。

「待在這裡比較安全吧？」

城牆的隧道內，可以藉由浮標知道迷宮中敵人的情況，或者是靠過來的敵人位置，而對方卻無法得知我方的情報，算是一種作弊的安全地帶。

在蓮等人的騷動結束前的一段時間裡，還是一直待在這裡比較好吧？

這是帶著這種想法的發言……

「啊啊！」

不過大衛立刻就注意到了。

「妳是想說這裡也會崩塌吧？」

雖然警戒著可能會從迷宮城鎮出來的敵人而看不見臉龐，不過感覺碧碧似乎輕輕點了一下頭。

「嗯。」

「為什麼這麼認為？」

面對大衛的問題……

「因為如果是我就會那麼做。」

碧碧很乾脆地開口如此回答。

「如此惡劣的規則會惹許多玩家生氣……」

「正因為這樣啊。」

「啥？」

「惡劣的規則才更不能半吊子吧。要就要徹徹底底，從頭壞到尾，讓人傻眼到極點反而會想加以稱讚，事過境遷後也比較不會被罵吧？」

大衛雖然看不見，不過碧碧正露出和藹的笑容。

這時大衛也扭曲著嘴角……

「連個『屁』都放不出來了——這只是閒話，感覺我好像是有生以來第一次這麼說。」

「現在是十四點十三分。應該還要三十分鐘才會崩壞吧。二十分鐘有點太短了。大概二十分會宣布追加的情報，三十分鐘開始實行吧。」

「屁。」

「你說什麼?」

「隊長……你說真的?」

南南西，以時針來說就是七點鐘位置的隧道之一，趴在距離入口20公尺左右漆黑處的健太這麼問道。

「真的。」

大衛回傳簡短的回答。

接到的命令是——

為了讓敵人去找蓮，腳程快的你用跑的去到處宣傳。

尤其是去告知距離蓮超過50公尺，而且沒注意到蓮的傢伙，讓他們把目標放在蓮身上。慫恿那些傢伙，與其跟其他玩家戰鬥，還是1億點數比較重要。

不過健太本身在三十分之前也要前往中央。

以至今為止的MMTM來看，不管怎麼說都是以光明正大的正規方法來戰鬥，但這個命令實在卑鄙——嶄新到令人難以置信。

「了解！」

健太一口答應了下來。這是因為……

「那聽起來很有意思！」

似乎很有趣的緣故。

拿起為了能與隊友共用而改造成能使用M16系列彈匣的G36K……

「好，就讓我跑這一趟吧！」

黑髮攻擊手站了起來。

SECT.11

第十一章　城內戰

城裡面每個玩家的思緒複雜且卑鄙地糾纏在一起，當然這個時候彼此都沒有注意到這件事情——

時間來到十四點十四分。

「要上了。」

M以及伙伴們開始有所行動。

M、老大、安娜、蓮以及不可次郎等五個人決定不在城門，或者可以說隧道出口等待，選擇了相信自己的力量衝入迷宮。

城中央在什麼地方，只要看隨著濃霧散去而同時復活的羅盤——顯示在自己視界最上方的方位就能知道了。

問題是目前完全不清楚前往該處的道路。

因為怎麼說都是迷宮。而且是幅度最短也達500公尺的超巨大迷宮。

即使觀看掃描器上的地圖，當然也無法得知迷宮的模樣。就像沒有會寫著答案的考試卷一樣。

話雖如此，就算什麼都不做只是靜靜等待，敵人應該還是會朝剛剛因為浮標而位置被發現的M攻過來才對。

即使一直在此防衛，也不認為這樣就能在SJ5獲得優勝。蓮他們只能往前衝了。

在比賽時，有時會遇上想不出作戰方法的時候。那個時候先展開行動就對了。

好吧！

蓮在內心重新打起精神來。

雖然目前為止遭遇到許多倒楣事，但是自己還活著。因為還活著所以能戰鬥。把手掌貼在P90上，我的武器就發出粉紅色光芒。

現在左手拿著盾牌，右手拿著機關槍的M，巨大身軀從隧道裡出來並且進入迷宮。

接著是老大與安娜、不可次郎以及蓮。

寬3公尺左右的通道左右兩邊是高度達5公尺的茶色牆壁一路往前延伸。那雖然是房子的牆壁，但是房子連一扇門都沒有，也就是說「不過是用來構成迷宮的道具」。其中也有單純只有圍牆的地方。

叮。叮。叮。

蓮的視界也出現了敵人的浮標。

KEES與BOB以及YAMATYANN。未曾見過的名字們。可以確定他們三個人聯手了，所以暫且稱為KEES們吧。

與ＫＥＥＳ們的距離大約20公尺。Ｍ先是往北，也就是城中央為目標來前進。三個人的浮標是從左斜前方出現。因此是在西北方。

20公尺在ＧＧＯ裡面已經是被拍肩膀也不奇怪的距離。算是相當近了。

但還是看不見。

能看見的就只有聳立在蓮眼前的，將近蓮身高一倍的茶色牆壁。而且數公尺就結束變成十字路口。真的是一座迷宮。

實在很討厭這樣的戰場……

蓮內心最真實的感想。受不了這種難以戰鬥的地方。

Ｍ默默地以對他來說幾乎是全力的速度不停前進。

老大與安娜隔了3公尺左右的距離跟在後面跑著，然後是不可次郎以及殿後的蓮追著他們。

當然這對蓮來說不過是慢跑的速度。她的速度可以再快三倍。這是她可以臉朝後面跑也能跟得上的速度。

小隊離開隧道筆直地前進20公尺左右，這時通道碰到了丁字路。

左右兩側再次是寬3公尺的通道，必須得轉彎才行了。

平常的話應該會先停止奔跑，警戒轉角處的敵人……

「往右邊。」

但M立刻就做出決定並且衝出轉角往右側，也就是朝東邊前進。

老大與安娜在M轉彎之後稍微瞄了一下左邊來確認，但只是這樣就立刻又朝M的背部追了上去。

啊，對喔。

蓮的腦袋理解狀況了。

雖然討厭會讓敵我雙方位置曝光的浮標，但也因此能避開迎面碰上敵人的情況。

也就是說，具備只要沒有特別靠近的浮標，就能毫不猶豫地在迷宮裡前進這樣的優點。

如果是這樣的話……

「咦咦？這樣……只要看著浮標，再來就只要穿越迷宮就可以了嘛。」

蓮警戒著後方，同時注意KEES們稍微超過25公尺的浮標距離並且這麼說道。

看來那些傢伙無法在迷宮中發現靠近我方的道路，正感到不知所措。

「喂喂，妳現在才注意到嗎！這就是這樣的迷宮遊戲喲。」

跑在蓮3公尺前方的不可次郎這麼說道……

「是有點太遲了。不愧是在遊戲裡面。」

蓮臉朝後面跑著並這麼回答。她終於理解了。蓮他們在這裡不用硬是要戰鬥，只要逃走就可以了。

這個時候，蓮的腦袋裡又響起「叮」的可愛聲音。

「唉唷，又有新的追兵。四點鐘方向。」

正如不可次郎所說的，M前進的方向是十二點鐘的話，那麼不論是蓮還是其他人的視界裡，四點鐘的位置都出現了新的浮標。

四個浮標在距離50公尺處出現了。馬上變成49公尺、48公尺。

但下一個瞬間，浮標在47公尺處停了下來。

這雖然是蓮的預測，但應該不會錯。他們碰到了迷宮內的死路。

當然對方也同樣看得見「LLENN」的名字與距離才對。。而且還隨著1億點數這種極具魅力的數字。

出現的四個人裡面沒有夏莉的名字。全都是名字陌生的玩家。

由於要辨認所有出現的陌生玩家姓名會很辛苦，於是蓮決定只注意地點與距離就好。

在47與49之間晃來晃去的他們，看來仍不用提高警覺。

跑在前方的M再次來到丁字路口。

雖然是正要煩惱該往哪邊的時候，但M立刻就做出決定。先朝右邊，也就是躲開較近的KEES們的方向。與他們的距離稍微拉開，跟新出現的四個人則距離變短。

「這樣要是跟對方的距離剩下3公尺的話，就有可能是在薄薄牆壁的後面對吧……？」

蓮一這麼問……

「是這樣沒錯。」

M就回答了她。

「對方不會從牆壁後面丟手榴彈過來嗎？」

「關於這件事……」

M難得出現含糊其辭的情況……

「在那之前我就先開火吧？雖然有點近，但輕鬆就能夠瞄準四個人那邊喲。」

拿著槍榴彈發射器的不可次郎……

「我去便利商店買冰淇淋吧？雖然有點遠，但我有小五十機車，輕鬆就可以到喲。」

以像這樣輕鬆的口氣如此說道。

不可次郎的話，只要知道距離與角度，就能用拋物線彈道來精準地發射槍榴彈。在這座迷宮裡面，算是單方面的無敵攻擊手段。

但蓮還是有所疑問。

如果是有效的攻擊方法，明明M老早就會命令她這麼做了才對，但M什麼都沒說。這是為什麼呢？

蓮的腦袋裡浮現幾種可能性——

第一：節省槍榴彈。為最後的戰鬥做準備，在這種地方輕易使用槍榴彈不是件好事（即使彈藥會回復也一樣）。

第二：希望以移動為優先。以穿越迷宮為最優先事項。

第三：呃——

「不必這麼做。」

在蓮想出第三個理由之前，M就否定了這個提議。然後……

「蓮。妳用P90朝天空發射一發子彈。」

「咦？——知道了。」

雖然不清楚這麼做的用意，但應該有意義才對。那就只能遵照隊長的指示。

等等，自己才是隊長。算了，先不管這個了。

蓮停下腳步後，把加裝了消音器的P90朝向斜上方。

對世界上的P90愛好者來說，這是「太陽是從東邊升起」般的常識，但除此之外的正常人類通常不太知道某件事——

「P90即使選擇旋鈕在自動模式之下，也能夠以輕扣扳機來做到半自動模式的單發射擊。」

就是這樣的事實。這也就是名為「漸進式扳機」的機構。

蓮輕扣了一下扳機。

咻磅！

小P銳利地震動，一發5.7毫米口徑的小小子彈以快於聲音的速度從槍口飛出，空彈殼則從槍械下方排出。

原本以為子彈會消失在紅藍色天空之中……

「啊！」

結果在迷宮的牆壁5公尺高的地方停了下來。

小小的子彈因為速度太快而根本不知道已經飛出去，因此在空中停下來時，看起來簡直就像突然出現在那裡一樣。

同時還看見空中產生像是波紋般的東西。

接著停止的子彈就這樣直接掉落下來。掉落在石頭地板上發出「喀滋」的細微聲響。

「停住了！掉下來了！」

蓮純粹只是描述眼前發生事實的發言……

「果然如此。」

讓M以及……

「果然是這樣嗎？」

老大都這麼表示。看來她也預料到會出現這種情形了。

「到底是怎麼回事？」

雖然大概能夠理解，但蓮還是帶著再確認的意思這麼問道。在自己內心仍似懂非懂的狀態下就做出結論本來就很危險。

「這座迷宮的上方無法攻擊。射擊的子彈會停下來。從上面射擊大概也是一樣。」

M這麼說道。

「像是有透明防護罩那樣？」

蓮開口詢問。

平常玩GGO時的戰場，只要是大型的，也就是所謂「中魔王」等級以上的敵人就會使用「看不見的防彈板」。由於沒有特定的名字，因此大家通常都稱其為「透明防護罩」。有的敵人只有弱點處才有，也有的整個前方都有防護罩，後者的話就必須進行繞到其後方的作戰。

目前仍不存在作為玩家道具的透明防護罩。應該是因為有的話就太占優勢的緣故吧。

「沒錯，就像上面全部罩著透明防護罩一樣。」

M如此回答。

「原來如此，完全可以理解。」

「所以就算不可射擊槍榴彈──」

M邊跑邊繼續說下去。

「在爆炸之前就會在那裡停住了吧。但因為比安全距離還要短，所以不會爆炸。」

槍榴彈具備「在這個距離爆炸太危險了所以不會引爆」的安全距離。如果蓮沒有記錯，不可次郎武器的安全距離應該是20公尺左右。

「不然哩，也可以朝著道路前方發射電漿榴彈喲。」

喂，快住手。

蓮在內心以電光火石般的速度吐嘈了對方。

「別在如此狹窄的地方使用爆炸直徑達20公尺的武器。妳忘記剛才把我吹飛的事情了嗎？」

毫不在意狠狠瞪著自己的蓮……

「嗯，忘記了──不能把這些煩人的牆壁轟走嗎？」

喂，也別這麼做。

蓮內心的反應相當快。

M表示：

「這座迷宮的牆壁應該用什麼辦法都無法破壞吧。因為可以的話就不是迷宮了。」

說得也是。

蓮在內心附和著。能夠破壞的話，只要開出一條筆直的路就可以了。有榴彈的傢伙應該都這麼做了吧。

「也就是說，我在穿越迷宮前都無用武之地嘍？」

不可次郎說著負面發言開始鬧彆扭了。

「沒辦法了，只好把右太跟左子收進口袋，拿手槍出來了。」

不可次郎說出正面的發言。

「Smith & Wesson是我的護照。又黑又硬的護照。就用這傢伙轟破一整群敵人的頭。」

收在腰間的S&W製（M&P）是不可次郎的愛槍。是Smith & Wesson製Military & Police的簡稱。它是一把9毫米口徑的自動式手槍。

在不可次郎把它從槍套拔出來前……

「嗯，太危險了快住手。」

就被蓮制止了。

跟蓮注意到迷宮屋頂差不多時候，也可能是略早一些……

「原來如此……是這樣嗎……我想也是啦。」

在拚死抵達的城門，或者可以說隧道口，夏莉也完全理解整個機關了。

前方是構成迷宮的城鎮。

剛才試著用R93戰術2型狙擊步槍的7.62毫米彈——因為這樣太浪費開花彈，所以用的是帶著備用的通常彈對城中央的尖塔開火，結果被看不見的天花板擋了下來。

不可能從底下朝上方狙擊。「反之亦然」，用英文來說就是vice versa。

或許是聽見尖銳的槍聲，或者單純只是偶然，夏莉看見了距離大約40公尺外的牆壁後面出現兩個徘徊的浮標。

夏莉是狙擊手，在遠距離發現敵人並加以射擊是她原本的工作。

雖說邊跑邊開槍的Snapshot技術也算是上得了檯面，但那也有必須跟對方保持一定的距離，而且途中沒有任何障礙的條件。

沒有出現浮標，也不清楚位置的話，應該可以在對方從迷宮轉角衝出來的瞬間射擊，但完全得知距離的話——

「贏不了……」

可以說徹底居於下風。實在不認為就這樣衝進迷宮還可以順利進行戰鬥。

夏莉雖然是不服輸的個性，但對於自己的能力——也就是辨得到與辦不到的事情比任何人都清楚。所以不會出現不符合現實的妄想。

「如果那傢伙在就好了……」

如果現在克拉倫斯在這裡的話，就可以把自己幫她搬運的第二武裝散彈槍交給她，讓她站在前面不停地射擊了。

射程雖短但是能朝廣範圍發射子彈，讓中彈對手暫時僵住的散彈槍是最適合這個地方的武器了。

但是克拉倫斯不在這裡。果然還是只能認清現實。

那麼該怎麼辦呢？

「一直待在這裡嗎……？不行，這種狗屁規則，這裡也不知道什麼時候會……最後只剩下中央也一點都不奇怪……」

夏莉也像碧碧一樣擔心著這件事。

算是獵人擁有的野性第六感吧。當然也可能不是。

「還是不拿槍，只專心逃走……？」

把長長的Ｒ９３戰術2型狙擊步槍收進倉庫欄的話，就能夠更加輕鬆地全力奔跑。雖然能用的武器就只剩下腰間的劍鉈。

以浮標注意敵人的位置，然後一邊祈禱不要被敵人抓住，一邊全力跑過迷宮——這也是方法之一吧……

「不對……被追趕的話也就完蛋了……」

夏莉排除了這個選項。

不只有蓮，應該還有許多角色能以超越夏莉的高速來奔跑。要是被人從後面追趕，就會在沒有反擊的方法與時間的情況下死亡。

雖然已經達成幹掉Pitohui這個人生的——不對，是ＳＪ人生的大目標，夏莉當然還是不願意輕易被人殺掉，至於投降還是自殺就更不用說了。

就算戰鬥的結果是身體遭貫穿而死，接下來也要徹徹底底地奮鬥到最後一秒鐘。

「這樣的話，那就只能這麼做了……」

既然做出只能這樣的結論，那就算是再魯莽的方法也是最佳的方法。

夏莉轉過身子，在隧道裡跑了起來。目標是城堡外面。她邊跑邊用左手操縱。長長的步槍就化成光粒消失了。

接著她就站在剛才拚命衝進來的城門入口，也就是靠近３０００公尺高懸崖的邊緣……

「…………」

抬起臉來，以嚴厲的表情瞪著天空與城牆。

待在迷宮裡的一名玩家……

「喂！先聽我說！」

聽見有人從迷宮的隔壁通道大聲向這邊搭話後嚇了一大跳。

那是一名不胖不瘦的男性虛擬角色，具備短短的金髮與藍色眼睛。臉龐則因為面罩而無法看見。

身穿像是皮革但並非皮革，要是被問那麼是什麼也只能回答是GGO無人知曉的特有謎樣素材所製成的黑色連身衣。

手持的槍械是木製槍托為其特徵的蘇聯製「SKS」。這把自動式步槍能以半自動模式連續發射10發AK系列也使用的7.62×39毫米彈。

他知道出現在自己視界內的「健太」這個名字。就是那個MMTM的其中一員。數次在影片裡看見他戰鬥或者被幹掉時的影像。

男人在健太眼裡應該能看見的登錄名稱是用片假名所寫的「ムラチ(Murachi)」。

而那個Murachi……

「為……為什麼要跟我搭話！」

感到害怕的同時也慌了手腳。

在數十秒前就看見健太的浮標朝著自己過來。

然後在迷宮中逃走後目前所在的地點是一條完全的死路。前面是牆壁，左右兩邊也是往前一點就碰到牆壁。已經無法再往前進了。

這時健太的浮標不斷縮短與自己之間的距離。Murachi在無處可逃的情況下，只能眼睜睜看著剩下3公尺的距離。

如果不是在隔壁的通路，自己應該已經被幹掉了吧。

「喂！在牆後面的傢伙！聽得見我的聲音吧？叫做Murachi的玩家。」

「幹……幹嘛啦！你……你這傢伙！是想要我投……投降嗎！」

由於想不到其他原因，男人忍不住發出像是悲鳴的怒吼。

其實Murachi他才剛開始玩GGO。老實說是個菜鳥玩家。

原本是玩其他完全潛行VR遊戲的人。

那是一個叫做「鐵拳制裁 Online ～我們是全力爆揍破壞狂～」——簡稱TSO。是一款操縱巨大機器人與敵方機器人進行肉搏戰的格鬥遊戲。

實際上也有遙控機器人來進行破壞戰鬥的活動，大概就像是它的線上版或者超巨大版般的遊戲。

總高度將近100公尺的鐵塊使出全力來互毆，破壞對方的軀體。遊戲本身相當具有魄力。

也有不跟對手戰鬥，只是盡情破壞大都市的城市破壞模式，相當適合拿來紓壓。

雖然投入了一定時間在那款遊戲，也獲得了一定的強度，不過或許是遊戲本身不太受歡迎吧，在三個月前左右遭遇到停止營運這樣的下場。真是太可惜、太難過了。

這次是現實世界玩了GGO很長一段時間而且也頗強的朋友與他的小隊，邀Murachi參加本屆SJ來湊人數。

於是才暫時來到GGO。

所謂的轉移就是能相對地繼承能力值，也就是強度，因此在GGO裡也成為數值相當高的角色，不過至今為止的完全潛行體驗裡從來沒使用過槍械。

連射擊的方法都不是很清楚就直接來參加SJ5了。

「沒關係啦，你就幫我拿『其他裝備』，然後只要跟我一起行動就可以了。隊友的火力很強大喔！大家會一起守護你的屁股！你就當上了一條大船一樣，放心吧！」

說出這種可靠發言的朋友，因為狗屁規則而不知所蹤。而且剛剛才發現他已經戰死了。別開玩笑了。根本是艘破船嘛。

順帶一提，那個朋友是在南部的住宅區被蓮砍下了頭，不過Murachi當然不知道這件事。

手上拿的是朋友暫時借給他的槍械。半自動且可以發射10發子彈的ＳＫＳ。

老實說是很遜的道具。價格便宜且戰鬥力也很低，屬於初學者使用的槍械。嗯，不過算是滿好上手的就是了。

ＳＫＳ那種木製槍托的古典造型，讓喜歡的人會深深為之著迷，聽說是槍械迷喜好的歷史「稀有名槍」——

我又不是槍械迷，誰管那麼多啊。我只有這把武器啦。如果問我那拿最好的武器如何，好像又不是這麼回事。

在濃霧中拚死忍耐著孤獨與不安，為了存活下來而奔跑，好不容易才抵達城堡，但是一在迷宮裡迷了路……

「那支叫ＭＭＴＭ的小隊也很強。所有成員都強。不想跟他們正面作戰。」

就被聽朋友這麼說過的強隊盯上並且遭到追趕——

今天的他真的已經面臨極限了。

老實說甚至想要投降，立刻從這個戰場上逃走。之所以沒有那麼做，是因為不知道之後會被朋友或者伙伴如何抱怨。

這時Murachi因為健太的聲音回過神來。

「『投降』？等等，不是這樣。我是想跟你說。蓮就在南邊喔。」

「啥？那是誰啊？」

Murachi認真的如此反問。因為他拚命地想要活下來。

「你忘了嗎？就是蓮啊！粉紅色的小不點，是SJ的強者，被人懸賞1億點數的傢伙。雖然人家說在酒場裡沒看到她，不過她其實有參賽。從南側進入城裡了。現在應該也在那邊附近亂晃。」

「真……真的嗎……？」

「真的喔。順利幹掉她的話，就能得到1億點數喔。」

「1億……點數……」

這個數字具備讓人忍不住重複一遍的魔力……

「唔哦哦哦哦哦！」

Murachi一瞬間就甩開了恐懼。

沒錯，人雖然會因為愛、勇氣、友情或者溫柔等等讓人驕傲生而為人的事情而行動，但很多時候更會因為金錢而展開行動。

酒店腦袋裡的CPU開始全速運轉。

有1億點數，或者一百萬日幣可以做些什麼事呢？

可以讓自我表現慾炸裂，入手足以讓朋友拜服的超稀有槍械。

不對，誰還管什麼GGO，應該思考在現實世界運用這筆錢吧。反正這本來就是個可以兌換成現實金錢的遊戲。

1億點數也就是一百萬日幣。總共有一百個澀澤榮一。

有一百萬的話，就能完成多年的夢想，來一趟豪華海外旅行。像是地球背面的那個國家還有那個國家，一直都很想去那裡看看。這樣就能成行了！而且還是搭商務艙！

省點花的話，應該可以當個背包客環遊世界一周吧。如此一來，現在就讀的大學就乾脆休學吧。

或者是不去旅行而好好地上大學，相對地到×××××的店裡去×××××，或許連×××××都可以享受到呢。糟糕快流鼻血了。

健太又繼續說服對方。

「快點到南方去！那個時候要是遇見其他隊伍的成員就告訴他們！這樣的話就能不進行無謂的戰爭，所有人一起襲擊蓮喔。別擔心，周圍的人給予她傷害時再由你補上最後一擊就可以了。太簡單了。一百萬宛如囊中之物。」

「嗚啊啊啊哦哦哦哦哦哦！看我的！謝謝你的情報！」

他——重生了。

至今為止懦弱、軟弱、怯懦又丟臉的Murachi剛剛已經死亡。

「走吧SKS，讓你吸吸粉紅色小不點的血……」

不清楚SKS是否回答他了。

「一百萬日幣！」

看著邊發出怪聲邊往迷宮通路前方跑去的男人……

「嗯，可以收工了。真是太簡單了。」

健太搜尋周圍的視界，尋找繼Murachi之後距離最近的浮標。

「那麼去找下一個吧。」

十四點十七分。

蓮他們從隧道裡出來後經過三分鐘左右。

目前仍未發生與敵人的非友好接觸，也就是戰鬥。

蓮他們看著最初的KEES等三個人，以及之後出現的四個人，接著又追加了三個人，總共加起來十人份的浮標，不過距離一直沒有縮短。

才以為靠過來了就停住，然後再次遠離。不知道是否迷宮太過複雜，對方也很難接近。

靠著看不見的天花板，當然不會被從城堡上方狙擊或者是射擊槍榴彈過來。

城堡的中央、外面的城牆，或者連結兩者的橋梁等地應該都能清楚地看見我方才對。有狙擊手在的話，就算射擊也一點都不奇怪，但一發子彈都沒有飛過來。

蓮眼中像是聖誕節蛋糕的城堡中央土台一點一點地靠近。

一開始在500公尺的距離下只能朦朧地看見，目前高度、接近度以及存在感都逐漸增加。因為是迷宮所以無法得知精確的數字，不過大概已經靠近一半左右的距離了吧。

蓮警戒著後方，幾乎是面朝後方行走——正確來說是小跑步……

「唉唷，蓮。快停下來。」

因此來到迷宮的死路時，不可次郎就開口通知她。

蓮回過身子。可以看到排成一列前進的小隊前頭，M前面的道路已經到了盡頭。

由於牆壁的顏色都一樣，沒有靠到很近的地方是無法看出該處是死路還是可以轉彎。實在是很討人厭的構造。

M走了回來。大步穿越蓮的身邊，手上拿著的盾牌與MG5機槍看起來很強。

接著老大也跟在後面，然後是安娜。

從剛才開始，老大跟安娜就用左手拿著隊上統一持有的手槍「Strizh」的彈匣——經常用拇指從該處抽出9毫米帕拉貝倫彈，並且將其丟在牆壁邊緣。

當M從通道上轉彎時，如果邊緣有子彈掉落，就代表曾經經過這裡。跟童話糖果屋的漢賽爾與葛麗特進行的作戰一模一樣。

再來就只能靠M的地圖能力了。

藉由跟蹤狂行為磨練出來——乖孩子絕對不能學，M的地圖感覺是貨真價實的能力。應該不會陷入同樣的死路，可以找到最適合前往城堡中央的路徑才對。

在50公尺內的敵人共有十個人，如果必須得通過同一條通道，那就無法避免發生戰鬥。如此一來，拿著機槍的M也有站在前頭以火力壓制敵人的覺悟。只有十個人左右的話，應該沒問題才對。

驅使各自的智慧與能力後，其實頗為順利地一邊避開戰鬥一邊在迷宮裡前進。

感覺這樣應該能夠成功抵達中央。

對於想法天真到像是初出茅廬小夥子般的蓮，迎面潑了她一大盆冷水的是……

叮、叮、叮、叮叮叮、叮。

連續出現的浮標聲音。

「咦？」

叮叮叮、叮叮。

「咦咦？」

「喂喂，這是怎麼回事呀？」

看見周圍50公尺以內突然增加而且距離逐漸縮短的敵方浮標後，不可次郎嚇了一大跳。

原來如此，不可也覺得這種狀況很不妙嗎……

蓮剛這麼想的瞬間……

「想到如此楚楚動人又美麗的我們身邊來嗎！真拿你們沒辦法，靠過來排成一列。送你們帶著我簽名的槍榴彈。」

不妙的是不可次郎。

「嘖！」

老大發出渾厚的咂舌聲。

「這下子……糟糕了。」

安娜也發出感覺到危機的聲音。

這些聲音無條件地提升了蓮的緊張感。

原本蓮認為剛才不可次郎是為了舒緩自己的緊張才會說出那種話，但立刻又想「不對，大概不是那樣」。

於是蓮便靜靜地等待看M要說些什麼。

「…………」

由於他什麼都沒說，所以真的很恐怖。

「嗨！你也想贏得1億點數嗎？」

「是啊。所以快選吧。是要在此進行無謂的廝殺，勝利的那一方在滿身瘡痍的狀態下去追逐一百萬日幣。還是暫時休戰，元氣十足的傢伙們一起發動攻擊，賭上最後一擊會落在自己手中的幸運呢？」

「那有什麼好考慮的，當然是後者了。這個世界上有兩樣東西的重要性僅次於生命。一樣是錢，另一樣還是錢。想快點繳完車貸。」

「還是錢最棒了。我的小孩才剛剛出生。那就這麼決定了。」

「就這麼決定了。還有——恭喜了。」

四處產生細節有很大的差異但內容大致上相同的對話，臨時的小隊就這麼組成了。

小隊名稱……

「想要一百萬日幣的鄉民們」。

就取這個名字吧。不知道簡稱是什麼。

當然這群傢伙裡面沒有ＭＭＴＭ、ＳＨＩＮＣ、ＺＥＭＡＬ的成員，不過有Ｔ—Ｓ的渾身護具士兵。還有歷史角色扮演小隊ＮＳＳ的其中一名成員。也能看到只使用光學槍，過去曾被蓮他們痛宰過的ＲＧＢ的成員。

跟與小隊成員會合、ＳＪ５優勝、名譽、光榮比起來——

還是以能收下的一百萬日幣為目標，可以說光明正大又唯利是圖的男人們。

這樣一群傢伙，現在正不斷在城堡南側集結起來。

．

「守財奴的展示會嗎！」

不知道是感到傻眼還是佩服，又或者兩者兼具——酒場裡的某個人這麼大叫。

酒場的觀眾們把一切都看得相當清楚。

牆邊或者天花板吊著的巨大螢幕上，或者是桌邊飄浮在空中的畫面都顯示著成為ＳＪ５最後戰場的城堡地圖。

以手指放大手邊畫面後，也能清楚地看出複雜離奇的迷宮內部。

而且待在該處的玩家位置會以浮標跟名字一起顯示出來。說起來就是神的視角。

因此看得非常清楚。

迷宮裡的玩家紛紛聚集在出現於南側的「ＬＬＥＮＮ」以及其四名伙伴身邊的模樣。

就像發現砂糖的螞蟻一般，許多黃色浮標在茶色地圖裡前進。

雖然因為是迷宮而東奔西跑，不過整體來說還是朝向該處前進。看到已經在中央附近的浮標特地前往外側，就知道那些傢伙絕對是以蓮為目標。

其中一名目光銳利的觀眾發現了。地圖的東南方區域，健太雖然跟敵人接觸，但是敵人卻沒有消失，反而立刻往南方前進的模樣。

於是就發覺ＭＭＴＭ的企圖並且告知眾人。

「原來如此，是這麼回事嗎？這樣太狠了吧……」

「真有一套！」

「這才是我的ＭＭＴＭ！」

「才不是你的哩。」

「謝謝你這種約定好的吐嘈。」

然後過了十四點十九分。

蓮他們終於被完全包圍住了。

仔細看著擴大地圖的其中一個人……

「喂喂，這下糟了！粉紅色小不點他們，已經沒有不跟敵人接觸就抵達中央的路徑了！」

以很開心的口氣這麼報告。

十四點十九分三十秒。

戰場上同時發生許多事情。

首先……

「很順利喔，隊長。從浮標的移動就能看出來！大量的浮標往南方去了！」

到處奔走宣傳的健太對大衛這麼報告。

待在西北方城門隧道裡的大衛，確認50公尺以內已經沒有任何人在……

「好，我們也出去。勒克斯？」

他呼喚著高塔上同伴的名字。

「好喔！隊長，我努力看看！」

得到回應後，大衛就發射一發煙霧彈。

黃色煙霧在迷宮城鎮裡冒出、擴散，然後裊裊升起。

「確認！」

勒克斯的聲音響起。他從中央東北的尖塔上以雙筒望遠鏡確認了這邊的位置。

從上面的話，因為可以看出迷宮的模樣，所以大致上可以引導隊友。

因為是複雜的迷宮，所以就算無法找到最短路線，還是可以比在迷宮裡的眾人更加了解目前行走的道路是不是死路、剛剛是不是走過這條路等等事情。

雖然可以說是作弊一般的手段，但這可是有搶先進入城內的伙伴才能擁有的特權。

只不過，以隊長為優先的話，就無法引導在西側城門的賽門了。

大衛表示：

「賽門──抱歉，只能說一句『加油了』。」

「請不用在意，隊長。在中央見面吧。」

「嗯，在中央見面吧。」

大衛這時……

「之後就交給我吧。」

就跟這麼說道的碧碧迅速從一直躲藏著的隧道衝了出去。

「奇怪了……敵人都跑到南邊去了──」

大步在迷宮裡全力奔跑的蘇菲，對於視界內的浮標減少一事產生懷疑，然後在發言中發覺到答案。

「啊啊！這是朝蓮那邊過去了嗎……老大！敵人往你們那邊聚集了！大概是有人刻意告知你們所在的地點！」

跑在蘇菲後面的羅莎與冬馬也繃起臉來。

接著老大的回答就傳回三個人的耳朵裡面。

「嗯，我想應該是這樣……我們周圍全是敵人了。因此妳們周圍應該減少敵人了才對。」

「是沒錯啦！」

「那就光明正大地朝中央前進。別想過來幫忙我們。敵方人數太多了。」

蘇菲一邊在迷宮裡奔跑……

「…………了解！」

一邊只能這麼回答。

「嗯，太閒了。要不要玩接龍？」

抱著AR—57躺在尖塔最上層，整個人進入放鬆模式的克拉倫斯這麼說著……

「不是玩遊戲的時候吧……」

藉由通訊道具得知老大與蓮身處險境，同樣為了躲避狙擊而躺著的塔妮亞這麼說道。

但是她跟克拉倫斯不同，沒有放鬆對於階梯下方的警戒。

她的手上握著一顆手榴彈。已經做好萬全的準備，如果有人爬上來的話，就拔開安全栓把它從地板的開孔扔下去。

克拉倫斯應該也透過通訊道具聽見ＬＰＦＭ的對話了才對，塔妮亞認為她應該能夠發現伙伴們目前相當危險……

「『吧』……吧檯！」

克拉倫斯卻是完全不在意的樣子。

「啊，剛才那不算！」

現實世界與ＧＧＯ的時間都來到了十四點二十分。

這個時候的蓮，仿效因為周圍實在有太多敵人包圍住他們而停下腳步的Ｍ靜止不動。

噗噗噗噗噗。

因此立刻就注意到衛星掃描接收器開始震動。

「接收器有反應了！」

「應該是情報吧。蓮代表大家觀看，把內容唸出來。」

「了解。」

遵從M的指示，蓮從胸前口袋拿出接收器並且看著畫面。

蓮唸出從「十四點二十分追加情報」開始的文字內容。

「呃……『剛剛刻意忘記寫了，這座城堡的外側也會全部崩塌。到了十四點三十分，就會全部崩毀——』啥啊？這是什麼！」

「別管了先全部唸完，蓮。凡事要冷靜，知道嗎？」

被不可次郎叮嚀要冷靜後，蓮就繼續唸道：

「『就會全部崩毀，只剩下中央而已。就是所謂的最後舞台！大家就在上面好好地享受最後的戰鬥吧！那麼祝大家好運嘍！』——以上！」

「嗟！搞什麼啊！別開玩笑了，蠢蛋！」

不可次郎整個人暴怒……

「冷靜到哪去了？」

剛才被吐嘈的蓮幫忙讓她冷靜下來了。

「喂喂，真的假的啊！」

慌張的不只有蓮他們。

「剩下十分鐘左右……」

「只剩下這些時間了嗎……」

「如果這段期間沒能幹掉的話——」

「嗯，所有人都會死吧。」

嘴裡這麼呢喃的是試圖幹掉蓮來賺取一百萬日幣的，對於金錢相當卑鄙——不對，應該說對於收入的熱情比任何人都老實的熱血男兒們。

一個疑問閃過他們的腦袋。

是要繼續這樣追逐蓮來抓住獲得一百萬日幣的機會呢？

還是放棄這件事，現在立刻趕往城裡？

「喂，這下子——該怎麼辦？」

「哎呀，這樣當然是立刻趕往城裡比較好啦。」

酒場裡的某個人這麼說道。

當然這邊的畫面裡也大大地顯示著「十四點二十分追加情報」。當它發表的時候，許多人開始起鬨，也有許多人笑了起來。因為不是參賽者所以很輕鬆。

「到城堡去比較好的理由是？」

在虛擬世界喝下不知道是今天第幾杯根汁啤酒的男人這麼問道……

「因為呢——」

發言的那個人回答。

「無論怎麼想，蓮都會拚命朝城堡跑去吧。她擁有一雙快腿而且技術高超。活下來的機率很高。如此一來，就有機會在城堡的最後戰鬥裡幹掉她。與其在這種地方找機會，倒不如趕快前往中央才比較實在。」

「噢，原來如此。冷靜一想確實是這樣。」

「希望待在迷宮裡的傢伙不要被錢蒙蔽了雙眼。」

「不過呢，所有人都是守財奴的話，蓮被打倒的可能性也會上升吧？」

「是沒錯啦，但我認為蓮的話，應該能度過這個危機才對。」

「理由是？」

這個問題，讓被這麼詢問的男人一臉嚴肅地表示：

「因為那樣才是我的蓮啊。」

「才不是你的哩！——又來了！」

「真的假的！」

在尖塔上層的狹窄空間裡，依然躺在地上的克拉倫斯咧嘴笑著這麼說道。

雖然感到驚訝，但開心的感覺更為強烈。因為自己所待的地方很安全。沒錯，她就是這樣的人。

克拉倫斯依然仰躺著，用左手把衛星掃描接收器保持在臉龐前方。就像躺著看手機一樣。就是那種手不小心一滑就會掉到臉上而疼痛不已的姿勢。

她的身邊……

「這樣老大和蓮他們也會比較輕鬆嗎？因為大家都不想死，所以會朝中央前進吧？」

依然緊握著手榴彈的塔妮亞，以帶著期待的聲音興奮地這麼說著，但是……

「Ｎｏ。」

克拉倫斯表示……

「為什麼說英文？」

塔妮亞這麼反問。然後又覺得現在這個不重要……

「為什麼這麼認為？」

改為詢問重要的問題。

「因為ＳＪ５一直到現在，大家期待的小隊戰一直遭到封印，大概很少所有人平安無事的小隊，而且到現在都沒能會合，在這樣的情況下，一般都會把獲得一百萬日幣看得比獲得優勝還重要吧？」

「嗯，的確是這樣……」

「怎麼辦？」

至今為止追逐並且包圍蓮的眾人，腦袋裡閃過一個疑問。

是要繼續追逐蓮，掌握獲得一百萬日幣的機會。

還是放棄這件事，先以性命為優先，現在立刻衝進城堡裡呢。

「還問什麼怎麼辦？早就決定了！我要繼續追逐獎金！」

這麼說的是距離蓮他們已經剩下15公尺的男人。身穿黑色基調的戰鬥服，手中緊握著「伯奈利M3」半自動散彈槍。

「想到中央去的傢伙就去。我不會從背後攻擊，因為太浪費子彈了。這些子彈要全部拿來攻擊蓮！」

一個男人充滿熱切慾望——不對，是充滿靈魂的發言，打動了附近到剛才為止連長相與姓名都不認識的男人們。

「嗯，反正小隊也分崩離析了——」

「就算優勝，也得不到跟一百萬日幣差不多的獎品——」

「說起來，優勝的機率原本就很低了——」

男人嘴裡說的喪氣的發言……

「我也要以一百萬日幣為目標！」

結果在那裡的所有人達成了以蓮為目標的共識。

「事到如今，不對，其實從變成這樣之前——就只有突破敵人包圍網這個辦法了。」

M所說的話……

「說得也是。」

當老大表示同意……

「反正原本就有這種打算。」

安娜也如此回應時……

「前方！要來了！」

M就傳出尖銳的聲音。

M將左手的盾牌用力往地面一插……

「蓮、不可，蹲到後面！老大，左邊，安娜負責右邊！」

蓮也理解發生什麼事了。

進入視界當中的兩個浮標急速往這邊逼近。

M的前方，原本在細長通路對面的那些浮標，之前顯示17與16公尺左右，下一個瞬間就變成14與13。突然的快速接近。

蓮與M之間隔了4公尺的距離。M前方7公尺左右是通路的轉角。

如此一來，應該是有兩名敵人朝著該處跑過來才對。現在正要出現在眼前。

「好啊！滾過來吧！」

不可次郎準備把右太與左子朝向該處……

「住手！」

蓮按住不可次郎的頭讓她趴下來，跟著自己也趴下。

「開槍！」

M尖銳的聲音響起。

下一個瞬間，吵雜的槍聲就唐突地出現。

M只用右手抱住的MG5機槍以全自動模式開火，盾牌與巨大身軀後方的左側與右側分別由老大以及安娜開始以Strizh手槍連續射擊。

槍聲在狹窄的通路反彈，又從另一邊反彈回來。

「嗚嘎！」

猛烈地打擊蓮的耳朵。

吵死了。這應該是虛擬世界所能承受槍聲的極限了。

射擊的那方因為會分泌腎上腺素，所以多少能無視這些聲音，但其他人就很痛苦了。只會感到相當刺耳。

M手上的MG5像是要一雪持有者剛剛死亡的怨恨般持續吼叫。

不停地吸入彈鍊，只把空彈殼與彈帶排到外面。噴火的槍口綿綿不絕地飛出子彈……

「咕哈！」

「嘰！」

正從轉角衝出來的男人，腳部就這麼遭到貫穿。

說貫穿或許不太準確，比較像是被切斷。

連續中彈的話，手腳將會分離。兩名男人正如預測從迷宮轉角衝到蓮他們所在的通路，結果腳被射斷，再也無法前進而往前撲倒，然後——

同一時間也產生了爆炸。

咚咚咚咚咚喀嗯。

隨著豪邁蓋過槍響的爆炸聲，一起炸裂的數顆手榴彈把倒地的兩名男人炸得四分五裂。

如果在現實世界，血與肉以及內臟將會四處飛濺，應該會是相當血腥的光景吧——

由於這裡是和平的虛擬世界，所以只撒出一看就知道是人工物的多邊形碎片，斷面圖像是線框稿的身體零件，還有手、頭、腳以及胴體等等噴了3公尺左右的高度並且四散而已。不過這樣已經算很恐怖了。

「什？」

停止MG5射擊的M回答不知道發生什麼事情的蓮。

「那兩個人抱著大量的手榴彈，拔出安全栓後全力衝了過來。應該是想即使被擊中，只要能抵達蓮所在的地方就能把妳捲入爆炸之中。說起來就是自爆攻擊。」

「嗚咿……」

這樣的執念實在太恐怖了。

「因為早就預測到了所以一開始就射擊腳，把它切斷後讓他們跌倒。」

訂正，以平淡口氣這麼說的M才是最恐怖的。

「哦哦，當紅炸子雞真是辛苦耶。」

趴著被蓮壓扁的不可次郎如此表示。

槍。

「下一波要來了嗎？」

老大一邊把連射而清空子彈的Strizh手槍換成ＶＳＳ一邊這麼說道。

老大跟安娜都是打算先用易於操控的手槍來反擊，接著才換成ＶＳＳ與德拉古諾夫狙擊

「不，看來暫時沒問題。」

Ｍ這麼說的理由出現在蓮的視界當中。沒有其他急遽逼近的浮標了。

「唔嗯，只有那兩個人操之過急了嗎？真是好險。所有人一口氣衝過來是最棘手的了。」

老大邊說邊交換Strizh的彈匣，並且把它插回槍套裡。

「唔？看來有搶先的傢伙。」

這時有五個人聚集在距離Ｍ30公尺左右的地方。

由於服裝與裝備都不一樣，應該是剛剛才組成的隊伍。目前還沒有名字。

藉由能看見的浮標行動，以及迷宮中隔了許久才響起的槍聲與爆炸聲，預測出剛才死亡的兩人有了什麼樣的行動。

蓮依然活著。視界中還能看到名字。

由於聽見沉重的連射槍聲……

「M或者是SHINC應該有一個使用7.62毫米等級的機槍使用者。不是新武裝就是副武裝……」

真不愧是喜歡槍械的變——不對，是GGO的玩家。馬上就知道了。另外……

「話說回來，那些傢伙真是蠢。面對M他們，以少數人進攻到底在想什麼？不能逐步投入戰力，沒從日俄戰爭裡學會教訓嗎……？」

也呢喃著這樣的內容。

然後揚聲對目前在現場的「伙伴們」表示：

「大家聽我說！在這種狹窄的地方，不能由兩三個人個別發動攻擊。M也有盾牌。火力會輸給對方！所有人集結之後從前後夾擊，在快到三十分時一起發動攻擊！戰鬥靠的是數量！」

「說得沒錯，大哥。這樣就對了。」

某個人這麼說道。當然沒有人提出異議。

「那麼，十四點二十七分如何？讓那些傢伙死亡或者我們先死應該用不到三分鐘吧。」

「我沒有異議。不過在最後可以投擲電漿手榴彈嗎？大概，不對，可以說絕對會把大家捲進爆炸當中喔？」

「如果你能靠近到可以投擲的距離，那也是個辦法吧？只要能幹掉蓮，之後的事情這群人根本不在乎。我也是一樣。」

「了解！」

「那就這樣，大家殘忍、卑鄙的只針對一個人發動攻擊吧！」

最初發言的那個人做出結論……

「嗯，能跟在我們對面的傢伙取得聯絡的話就太好了……」

並且開口這麼抱怨。

很可惜的是，在此的吳越同舟小隊的隊友沒有人在對面或者近處。在的話早就利用通訊道具溝通了。

「對辦不到的事情感到懊悔也沒有用——」

看了一下手錶，時間是十四點二十二分。

「盡可能完成我們做得到的事情吧。一邊看著浮標距離，一邊包圍他們。」

蓮等人雖然暫時脫離險境，不對，從剛才就一直一直身處險境了。

除了重重包圍四周並且迫近的浮標之外，還有逐漸逼近的腳底地面崩壞的時間限制。

M很乾脆地把剛才毫不容情發射30發子彈的MG5彈藥箱換成裝有100發的新品。與其倚靠剩下來的70發子彈，他選擇了在下一場戰鬥連續發射100發子彈的作戰。

原本是Pitohui武器的ＭＧ５，子彈就只剩下這些了。當然獲得最後一擊後子彈回復的話又另當別論了。

「蓮……」

Ｍ呼喚著名字。

「嗯。」

起身的蓮沒有拉起推倒的不可次郎並且這麼回答。

「接下來不知道會發生什麼事，最糟糕的情況是只有蓮自己一個人跑向中央。然後由我們提供支援。」

「怎麼這樣～」

幾乎不曾示弱的Ｍ都說出這種話了，看來情況真的很不妙。

蓮以及其他伙伴都很清楚狀況實在太過惡劣，就連Ｍ都想不出打破僵局的最佳辦法。

就連老大也……

「唔嗯。最後就由我來當盾牌。因為體型龐大應該很容易吧。」

「不對不對，等一下！」

蓮慌了手腳。

然後因為自己被人懸賞，不想拖累其他隊友，說起來只要自己單獨行動大家就能逃走的事實重重地壓在她身上。

但是該怎麼辦才好？自己能怎麼做？

蓮的腦細胞高速迴轉，導出了唯一的可能性。

「對了！ＰＭ號呢？」

靠跟不可次郎的友情必殺技，說不定可以一搏？

「沒用的。」

Ｍ立刻這麼回答。

「蓮自己一個人跑都比那個還快。防禦力雖然高，但只要被丟一發電漿手榴彈就完了。」

「嗚……」

唯一的可能性遭到擊沉。

到此為止了嗎？

蓮雖然這麼想。但絕對不說出口。

在戰鬥當中，無論陷入怎麼樣的絕境，只要說出放棄的發言就會影響到其他人。也會影響到自己。在死亡之前都不能放棄，也不能說出放棄的發言。

老大跟安娜都保持沉默。

這就是表示，沒有能夠脫離絕境的點子。

就在這個時候。

「呵呵呵。年輕的小夥子們啊。稍微聽老衲說句話吧。」

不可次郎又開始扮演謎樣的老爺爺了。

反正馬上就要被幹掉了，就隨她高興吧。

蓮心裡這麼想。但沒有說出口。

因此不可次郎就站起來，一邊以左手槍榴彈發射器的砲口調整頭盔的角度，一邊抬頭看著天空。

緊接著……

「老衲ＧＧＯ的經歷尚短所以不是很清楚——這個頭上的透明防護罩是什麼樣的性質？」

當不可次郎爺爺隨口詢問伙伴時，隔著迷宮包圍蓮等人的男人們……

「很好，粉紅色惡魔沒有動靜。成功包圍住她了嗎……」

「一百萬日幣！但是——要是放棄掙扎而投降的話會怎麼樣……」

「希望在那之前就解決掉她……」

正在進行這樣的對話。

「什麼性質的意思是……？」

蓮以感到納悶的口氣反問謎樣的老爺爺——或者該說是不可次郎。

「呵呵呵！我的意思是，槍的子彈穿不過的話，人是不是可以鑽得過呢？」

「啊！不知道……」

蓮的回答也是M、老大以及安娜的答案。

沒有人知道人類究竟能不能通過GGO裡中魔王以上經常會張開的透明防護罩。也沒有人曾經試著去弄清楚這件事。說起來，根本就沒有到中魔王的附近去過。

「所以說真受不了什麼都倚靠遠距離道具的人……因為背上沒有翅膀，所以思考也無法飛翔。」

「是精靈族的老爺爺？」

「老衲一開始就這麼想了。只要越過那個防護罩，就能輕輕鬆鬆地在迷宮的牆壁上行走了。所以有試試看能不能穿越的價值吧……？」

「確實是這樣沒錯……但要怎麼爬上去呢？」

蓮抬頭往上看。

迷宮牆壁的高度是5公尺。將近兩層樓建築物的天花板。牆壁相當光滑。完全沒有可以施力的地方，實在不認為能夠爬得上去。

如果有帶著鉤爪的強韌攀登用繩索的話或許能爬得上去，但一般的GGO玩家除了遺跡探索任務之外，是不會攜帶沉重而且體積又大的繩索。希望能盡量多帶一些子彈的SJ就更不用說了。

你說夏莉就帶了？她絕對不普通喔。這是證明過的事情。

「雖然很想說張開翅膀在空中飛就可以了——」

不可次郎老爺爺輕輕聳了聳肩。聳了聳沒有翅膀的肩膀。

接著以從頭盔邊緣窺探般的視線看向壯漢。

「M啊——你不是有一把特別長的槍嗎？」

「試試看吧。」

立刻理解的M迅速揮動左手來操縱倉庫欄。老大與安娜則持續警戒著周圍。

接著出現的是全長2公尺的巨大曬衣竿——般的Alligator反器材狙擊槍。

M把它槍托朝下立在牆壁旁邊後……

「妳們兩個不用警戒了。幫忙撐住它。」

照這樣子看來，目前沒有靠近的敵人。於是老大與安娜……

「喔！」

「了解！」

各自揹著自己的步槍，從左右兩邊夾住垂直站立的Alligator並將其支撐住。

雖然是全長2公尺的槍械，但從槍口尖端到牆壁頂端仍有3公尺的距離。

不可次郎揮動左手操縱倉庫欄。把揹著的背包以及手持的兩把MGL－140收進去。

體重變輕的不可次郎靠近豎起來並且被撐住的Alligator……

「好了，那個叫M的。把老衲丟到上面去看看吧。」

「知道了。」

蓮也理解不可次郎想做的事了。

然後浮現「真的要做嗎」的想法。

咚滋嗯。

放下背包的M，把腳放到Alligator的彈匣上並且靈活地爬了上去。安娜與老大則死命從旁邊支撐住槍械。

槍械是由金屬所製成。

因此相當堅固，所以不會因為人爬上去就壞掉，但精密的機能零件很可能扭曲或者脫落。現實世界絕對不要這麼做比較好。這是錯誤的使用方式。

M以不符合巨大身軀的平衡感爬上扭曲的梯子後，就從頂端轉過身子。

把右腳跟放在Alligator槍身前端的巨大砲口制動器上，在左腳騰空的狀態下，把背部靠在牆壁上站立著。

「喔喔！」

蓮看見由兩名女性撐住立足點，巨軀靠在高處牆壁上並且單腳站立的模樣。到底是什麼東西降臨了呢？

2公尺的槍械再加上將近2公尺的巨軀，就只差1公尺多了。

「那麼要上嘍。就算老衲脖子的骨頭因此而折斷──也不會怨恨任何人！」

不可次郎在M面前退後幾步。

「也就是蓮害的！」

接著全力衝刺。

「等等啊。」

然後跳躍。蓮的吐嘈推著不可次郎的背部。

不可次郎的腳踏到Alligator的彈匣，另一腳踏上兩腳架，接著把腳放到砲口制動器上……

「嘿呀！」

再繼續往上跳起。同時還伸直雙臂。

M稍微往前彎曲的粗大臂膀才剛緊緊抓住不可次郎短短的雙臂……

「去吧！」

就用力一拉。宛如拔起巨大的蕪菁一樣。蓮感覺好像能聽見他的背肌發出吼叫聲。

「I can fly！」

不可次郎嬌小的身體被抬到半空中，上升的臉龐靠近透明防護罩——

「咻！」

直接穿越空氣飛到了空中。

「喔喔！」

蓮看見在兩名女性支撐下待在高處的巨軀上面，小小身體攤開雙手在空中飛舞的模樣。到底是什麼東西的昇天？

不愧是任何事情都能輕鬆完成的M。投擲出去的角度以及高度都完美無缺。從頂點稍微往下掉的時候，不可次郎的小腳已經咚一聲輕快地站到迷宮的牆上了。

「漂亮！」

蓮以自己的眼睛確實看見了。彷彿沒有透明防護罩般在空中飛舞，準確地站在高5公尺位置的不可次郎。

「哎呀！」

然後失去平衡快要從背部跌到M身上……

「咿！」

蓮雖然發出短短的悲鳴……

「唉唷喲！啊啦喲！」

不可次郎最後還是站穩了腳步。

喂，妳應該不是故意的吧？

蓮心裡雖然這麼想，但是沒有說出口。

人體實驗的結果出來了。

能夠毫不留情地彈回所有攻擊的透明防護罩，正如不可次郎的預測，不會對人類發揮作用。

遊玩GGO也算很長一段時間的蓮，到了今天才又習得一個新的知識。但仔細一想——可能本來就是這樣了。

假如那股力量對人類也會發揮作用，那麼有人從上面掉下來的話，防護罩就會幫忙接住他。

然後那個人就能直接在防護罩上，也就是在空中走路。完全是空中漫步。看起來實在太詭異了。

或許是看透蓮的內心了吧，不可次郎以物理上來自上方的視線開口表示：

「就是這樣，才會受不了受到地球重力束縛的舊GGO玩家……完全被刻板印象限制住了。現在也還不算太遲，可以覺醒成為新人類喲。」

「謎之老爺爺！只有今天先感謝妳！」

「呵呵呵，這沒什麼啦。只要把三億圓的成功報酬匯到老衲瑞士銀行的戶頭裡面就可以了。要在三個營業日內啊。每晚一天就要收百分之十的利息喲。」

不可次郎似乎正從高處說些什麼，但蓮不去理她……

「好，接下來換蓮！」

決定先遵從M所做的指示。

先是「一併解除裝備」來減輕體重，等待零點幾秒讓P90與腰部的彈匣包消失之後……

「嗟啊！」

蓮也跑了起來。

蓮雖然不清楚能否順利成功，但這個高度的話，就算失敗也不會死亡吧。

敵人又更加靠近的浮標位置才更令人在意。

蓮衝向Alligator上之後，腳踩到彈匣與握柄上，像猴子一樣迅速爬了上去。這是輕盈的身體與鍛鍊出來的敏捷性才能辦到的神技。

蓮把雙腳放到槍身中央附近的兩腳架上做出最後的跳躍。就算沒有爬到槍口，蓮也能抵達

M所在的地方。

「喝！」

M粗壯的臂膀抓住蓮纖細的雙手。

「嗚咻！」

蓮還以為肩膀被扯下來了。她感受到強烈的朝上G力。

視界瞬間移動，蓮被舉到牆壁上方……

「哦！」

「妳為什麼還在那裡！」

猛烈撞上在著地處發呆的不可次郎，兩個人差點就一起跌落到牆壁的另一邊去，最後好不容易才撐住。

蓮成功著地了。

「唔喔喔！」

「有一套！」

她們的模樣也大大地映照在酒場的螢幕上，讓觀眾們發出了歡呼聲。

「十分！落地姿勢很漂亮！」

「是嗎？是從未見過的姿勢喲。」

「看起來像剛被撈起來的虎蝦。」

「不對，是像發生車禍後撞爛的機車。」

「跟慵懶睡午覺的貓咪一模一樣。」

「宛如被踩壞的眼鏡鏡框。」

「無法出貨的小黃瓜就是那種樣子。」

「你們幾個！是想提升自己比喻的技能嗎？小蓮不論什麼姿勢都很美麗啦！」

接著是某個人的聲音。

「沒想到能到迷宮的牆壁上面。那麼，接下來那群守財奴該怎麼辦呢？」

「M先生你們呢？」

再次將武器與裝備配備到身上的蓮，對著底下的三個人這麼問道。

M已經從Alligator上面跳下來，老大跟安娜終於從肉體勞動當中得到解放。

「我們上不去。妳們兩個人朝中央前進吧。」

M邊把Alligator收進倉庫欄邊這麼回答……

「怎麼這樣！」

蓮雖然發出嘆息聲……

「沒有啦，老實說這樣大家也比較輕鬆吧？」

但從後面傳來不可次郎輕鬆的聲音……

「啊，說得也是……」

這讓她重新警覺到被眼睛變成「$」或「¥」的敵人集團盯上的只有自己而已。大家只是遭到連累。實在太抱歉了。

緊握，接著轉身。

握緊P90的蓮轉過身子。

一口氣變得開闊的視界當中，腳底的牆壁——既然爬到上面來了，應該算是圍牆吧，其幅度大概是50公分左右。大概就像是一條狹窄的橋，不過高度5公尺的話就很恐怖，但也不至於讓人害怕到腳軟而無法前進。

因為玩GGO時，本來就會有走過工廠鐵架的時候。當然在現實世界完全不會想嘗試。

下方是迷宮的話，上面自然也是迷宮，不過是知道答案的迷宮。看來是可以一路跑向城堡中央。

蓮稍微瞄了一眼手錶。十四點二十四分三十秒。沒有時間慢慢來了。

「知道了！M先生、老大、安娜，謝謝你們！我先切斷通訊喔！裡面見了！」

「喔。」

「嗯。」

「待會兒見！」

得到三個人帶著笑容的回答後，蓮就切斷了通訊。

「要走嘍！」

接著對雙手取回槍榴彈發射器的不可次郎這麼說道。

「好喔。我會跟著妳！」

SECT.12

第十二章　最後的戰鬥就交給我們

「蓮的數字不斷減少！往這邊過來了！」

包圍蓮等人的男人之中，聚集在迷宮通道上的三名男性為此而產生動搖。

視界當中原本在蓮浮標旁邊的數字，也就是彼我之間的距離不斷地縮小。20公尺。15公尺。10公尺。

「咦咦？不太可能吧？」

那不是能在需要探索的迷宮所能發揮出來的速度。真的要說的話，也不是迫近敵人的速度。

「自暴自棄而自己衝過來了嗎！還以為能靠速度打開困境啊！這下贏定了！」

沒錯，邊露出奸笑邊舉起槍械的男人，其視界裡……

「咦？」

出現了粉紅色。而且還連同浮標。

不是在視界前面，而是在斜上方。

「咦咦咦！」

蓮正在奔跑。

跑在牆壁上。

正在想浮標的位置怎麼有點高，原來如此，是這樣嗎？

男人理解了，不過腦袋的運轉似乎有點太慢。

蓮本人朝這邊瞄了一眼。她發現我們幾個人了。但沒有停下奔跑的腳步。

看著迫近並且就要通過旁邊的蓮，以及跟在她身後的不可次郎……

「一百萬！是我的了啊啊啊啊啊啊！」

男人雙眼發出金色——「金錢色」光芒，同時把拿在手上的義大利貝瑞塔公司製「AR70」突擊步槍的槍口朝向她，立刻就開始射擊。

沒有對今天才剛遇見，目前待在後面的同伴說聲「人在這裡！」。這是為了獨自幹掉蓮來獨占1億點數。

「咦？」「咦？」

其他兩個人似乎在男人開槍的同時發覺蓮的存在，但這時候已經太遲了。

開始射擊的男人，其視界當中的著彈預測圓確實地捕捉到跑過來的蓮。全自動模式發射出去的5.56毫米彈絕對會命中目標才對。

結果沒有射中。

「咦？」

子彈全部停在5公尺高的地方，然後紛紛往下掉落。

「可惡！」

他當然早就知道這件事。只是被金錢蒙蔽了雙眼而忘記了。

慢了一步的兩個人之一，這時用雷明登「M870 tactical」豪邁地開始連射。

咚喀、鏘鏗。咚喀、鏘鏗。

射擊後滑動槍機，射擊後再滑動槍機。在裝了9發的oo-buck彈不停發射出去的情況中，蓮通過他身邊的上方，發射出去的散彈則紛紛往下掉……

「抱歉！有透明防護罩喔！來啊！來啊！怎麼樣啊多射一點！只是浪費錢而已喔！嘿嘿！」

牆壁上的不可次郎隨著都卜勒效應留下嘲笑的發言並且離開。

「嘿嘿！」

「不可，妳好煩。」

「沒有啦，我喜歡的古老漫畫裡面，有個邊說『嘿』邊從圍牆上面奔跑的中年男子！現在能全力模仿他，我真是開心極了！嘿嘿！現在可以聊聊那本漫畫嗎？大概十九分鐘就結束了。」（註：日文的「塀（圍牆）」發音與「嘿」相同）

「之後再說吧！」

「被擺了一道！竟然爬到牆壁上！」

另一個地點，有一名頭腦相當靈活的男人。他從距離數值產生變化的瞬間就發現蓮與不可次郎移動的機關。

「咦？這可以爬上去嗎！」

「可惡！我們也來爬！」

「等一下等一下，要怎麼爬？」

當理所當然的疑問出現時……

「我有一個點子。」

應該是偶然吧，這群人當中剛好有個知道答案的男人。

形形色色的人聚在一起的話，果然也會具備各式各樣的知識。正所謂人多嘴雜——不對，應該是三個臭皮匠勝過一個諸葛亮。

身穿美國海軍迷彩服，手拿制式採用槍械「M16A2」的那個男人，環視了一下周圍，確認總共有八個人後……

「三個人先在牆邊擺出並列爭球的姿勢當成地基！然後兩個人在地基的肩膀上面蹲著當

中層！在地基前面再由兩個人組成平台來支撐！手搭在一起承接腳部來把人推上去站到中層上面！接著中層再一口氣站起來！這樣手應該就能搆到，到時候就爬上去！最後上面的傢伙就用背帶把其他人拉上去！」

也就是許多學校在過去的運動會裡曾經舉行過，現在還有些地方還殘留著的「疊羅漢」。

「哦！」

「看來沒問題！」

「很棒的點子！」

男人們像是要表達不快一點一百萬就要逃走了般開始互相幫助。

按照指示立刻就完成兩層人體架子……

「我有背帶！因為是皮製的，應該很堅固吧。」

把雷明登公司製「M700　VLS」這把手動槍機式獵槍當成狙擊槍來使用的男人，像他人展示愛槍的背帶並且這麼說道……

「很好！上去吧！」

提出疊羅漢點子的男人，親自幫忙把男人推到第二層上面。

然後……

「要上嘍！一、二、三！」

第二層讓男人站在其中一人的肩膀上，然後在第一層上站了起來。來到3公尺左右高度的男人雙手搆到牆壁，接著驅使筋力爬了上去。

「哦哦！」

「成功了！」

男人們傳出了歡呼聲。

一個人不可能攻略的這面牆壁，只要這麼多人合作就能爬上去。這樣的協力實在是太美了。

「接下來換你了！」

因為幫忙提出點子，所以使用M16A2的男人是下一個，而他也順利爬到牆壁上。

M700男與A16A2男站在圍牆上，準備拉起下一個男人的瞬間……

「拿去吧！」

一隻手從上面伸過來。

那是M700男的手。他的手上還握著手榴彈。是圓形的電漿手榴彈。已經按下啟動鍵，計時器正發出亮光。

「咦？」

來到第二層，現在正要攀爬的男人發出懷疑的聲音……

「抱歉了。」

電漿手榴彈從他的手上掉了下去。

喀咚一聲掉到準備攀爬的男人頭上……

「好痛。」

M700男把手縮回透明防護罩上面。

「Fire in the hole！」

用英文對伙伴做出「注意要爆炸了！」之意的發言，M700男就轉過身子。

「狗屎東西————！」

「你這傢伙————！」

「太卑鄙了！」

「饒不了你——」

留在地面上的六個男人所發出的咒罵聲被電漿手榴彈的奔流吞沒而消失不見。

透明防護罩從其造成的衝擊當中保護了一切，無法破壞的牆壁沒有任何損傷。只有爆風猛烈地穿越迷宮。

爆炸止歇後，在場還活著的就只有牆壁上的兩個人……

「唉……已經先被幹掉了。」

Ｍ１６Ａ２男邊說邊輕輕聳了聳肩。

他的手上也拿著碎片手榴彈，不過沒有拔出安全栓。男人把它收回彈匣包旁邊的手榴彈袋裡，同時咧嘴笑著說：

「沒想到還會有跟你組隊的一天。獎金就五五分吧。」

「真是的，世界上真的沒有絕對的事。五五分了解了。接下來競爭也沒有意思。」

原來如此。其實他們兩個人早就認識了。

Ｍ１６Ａ２男以略為嚴肅的表情說：

「對了，關於算是從你身邊搶走的那個女孩子，她真的很傲慢又任性，老實說真的很累人……最後我把胃弄壞了，她又找到別的男人，我們就分手了。」

「我聽到傳聞了。所以我不是告訴過你別那麼做嗎～」

原來如此，看來是有很複雜的關係。

「可惡！被溜走了！——一百萬日幣！」

蓮與不可次郎聽見從下面傳來某個人甚至使用了倒置法所發出的悲鳴。然後就這樣在透明防護罩抵擋子彈的情況下穿越迷宮上方。

下方雖然是迷宮，但構成迷宮的牆壁其實也算是迷宮。雖說看得見，還是沒辦法筆直地朝城堡中央前進。

兩人一路在狹窄的通路上不停地轉彎、奔跑，然後再度轉彎、奔跑——直線距離大約200公尺左右，卻有種特別遙遠的感覺。

這時一條彈道預測線延伸至即使如此還是拚命奔跑的蓮背部。

「蓮快趴下～」

不可次郎脫力的聲音……

「嗚！」

讓蓮產生直接的反應。她像是要抱住圍牆般趴了下去。一發7.62毫米彈發出低吼穿過她的背部上方。

是剛才爬上牆壁的M700男所進行的狙擊。距離大約150公尺。對於狙擊槍來說是必中的距離。不可次郎沒有注意到他的存在以及彈道預測線的話，蓮已經死亡了。

「臭傢伙。」

蓮在通道上轉過身子，把P90朝向該處，但在她攻擊之前……

「嘿呀！」

由於不是目標，所以光明正大地站著的不可次郎，手中的右太——MGL—140槍榴彈發射器發出啵啵啵的可愛聲音。

發射出去的三發槍榴彈準確地朝狙擊手以及其身後的步槍手所在的地方飛去……

「成功了。」

不可次郎有了得手的確信。

兩人是在圍牆上方。就算沒有命中兩人，只要在附近著彈，爆風就會把他們吹落了吧。雖然不是電漿榴彈，但普通的彈頭也很恐怖了。

但是男人們卻避開了攻擊。

因為他們各自往圍牆的一邊跳了下去。

槍榴彈在兩人消失地點的周圍，也就是圍牆與透明防護罩的上方爆炸了。雖然爆炸了，但爆風與碎片都被透明防護罩擋住，沒有辦法抵達下方。

「嘖！」

不可次郎咂了一下舌頭……

「不過呢，掉下去的話就算了。」

當她一邊這麼說，一邊準備轉身的時候。

M16A2男從下面探出頭來，只用一隻右手來開槍。

以三發點射發射出來的其中一顆子彈，射穿了不可次郎的肩膀……

「唔嘎啊！饒不了你！」

再次進行槍榴彈攻擊。接著男人的臉跟手就消失在透明防護罩底下。雖然三發槍榴彈爆炸了，但男人們似乎沒有受傷。

「什麼？」

面對露出狐疑表情的不可次郎……

「那些傢伙用肩帶掛在圍牆上！」

用單筒望遠鏡窺探狀況的蓮這麼說道。

蓮看見了。兩個男人各自抓住M700的皮革製肩帶——長1公尺半左右的皮帶左右兩端，掛在圍牆上面的模樣。

原來如此，那樣就能逃到透明防護罩底下了。

「真聰明……」

蓮把P90朝向該處，以全自動模式連射。

由於P90無法狙擊，只能對他們所在之處附近發動牽制。就算是這樣，也比完全沒有開槍要好多了吧。也可能發生偶然命中肩帶而令其斷裂的情形。

子彈擊中男人們潛伏處附近。以單筒望遠鏡窺看後，肩帶果然平安無事，男人再次露出臉與槍械……

「不行！得逃走了！」

「可惡！」

蓮與不可次郎不再攻擊那兩個人，直接開始在寬50公分的圍牆上跑走。

看著蓮背部的M16A2男以左手握住肩帶，兩腳穩踏住圍牆側面的狀態保持身形，只用右手維持槍械來進行瞄準。

雖然是有點，不對，是相當勉強的姿勢，但目標的兩個人不再反擊而開始逃走，所以有相當充裕的時間來瞄準。

男人的視界當中，出現原本就嬌小現在逐漸變得更小的兩個人，以及隨著脈動收縮的著彈預測圓，兩者幾乎重疊在一起……

「很好，一百萬到手了……」

聽見勝利的呢喃後，在圍牆另一邊握著肩帶當錨的M700男就回應了他。

「這次就平分獎金，交個朋友吧。」

「了解。」

接著尖銳的槍聲就響徹整個城堡裡面。

「咕哈！」

聽見M16A2男發出聲音的同時，M700男的身體就開始往圍牆下方掉落。

「什——」

他就在不清楚發生什麼事情的狀況下，從5公尺的地方落下。

「咕咿！」

從屁股掉落到地上，雖然不至於死亡，但多少受到一些傷害判定。

他的左手依然握著背帶。而M16A2男應該握住的另一邊……

「竟然……」

連著他的左手。從手肘附近被射斷的手依然握著背帶。

其切斷面是以多邊形網格的型態呈現，目前正發出點點紅光。

一看就知道手肘是被7毫米等級的強力子彈打斷，身體則跌落在另一側。

「不過，是被誰從什麼地方擊中的呢……？」

現場沒有任何人能回應男人的呢喃。

距離大約180十公尺外的城牆上……

「蓮啊，算妳欠我一個人情。」

以趴在城牆上的狀態，夏莉一邊往復操作著R93戰術2型狙擊步槍裝填下一發子彈，一邊做出了回應。

「嗯，說起來也算是同伴啦。」

至於夏莉為什麼會在城牆上，是因為她自認在城內迷宮沒有勝算，所以才爬上外牆。就只為了這麼一個簡單的理由。

夏莉光靠手腳，就成功爬上一滑就會倒栽蔥跌落3000公尺下方的牆壁。

當然一掉落就會立刻死亡，所以得慎重地爬上去才行。

雖然夏莉擅長戶外活動，而且在現實世界有攀岩經歷，不過這還是首次沒有使用安全繩。

她極為小心翼翼，以龜步的速度攀爬牆壁。即使如此，還是出現三次左右手腳打滑而差點死亡的狀況。

對她來說幸運的是，因為非常慎重地攀爬，所以在登頂前就已經過了十四點二十分。

因為剛才的公告，爬上的城牆以及從城牆連接中央的橋上已經沒有任何人在了。也難怪會這樣。因為繼續待在那裡的話，十分鐘後就會因為崩塌而死。

夏莉攀登期間，待在城牆上的玩家們——也就是很開心地射擊拚命跑向城堡者的傢伙們，全都急忙趕向城中央了。

他們在寬30公尺，長500公尺的巨大橋梁上朝著中央急奔。

那個時候雖然遭受待在中央的人射擊而有許多人喪生，不過也有平安無事進入城堡的人。

然後，在這樣的狀況中夏莉終於爬上城牆，從倉庫欄裡取出R93戰術2型狙擊步槍，正在匍匐前進時就聽見清晰的槍聲。距離相當近。當中也混雜著熟悉的P90連射聲。

是蓮嗎？

這麼想的夏莉，隨即抱緊槍械橫向滾往城牆的另一側。因為這樣比匍匐前進還要快。

然後往下就看見在迷宮上方奔跑的蓮與不可次郎，以及瞄準她們兩個的男人就在300公尺左右的前方。

夏莉開槍射擊了。

不到一秒鐘的時間，她就完成舉槍瞄準並且開火的程序。

由於一開始就瞄準手，正如她的計畫被切斷左手的男人跌落，另外一邊的男人也跌了下去。

「掉下去了嗎？雖然不知道為什麼，不過好像得救了！好了，蓮！快點快點！」

「不用妳說啦！」

沒有注意也無法注意到夏莉的關懷……

「蓮啊，那邊要往右。」

「可以相信妳嗎？」

「嗯，右太這麼對我說。」

「往左邊喔！」

兩個人急速從圍牆上方趕往城中央。

「怎麼辦隊長？可以射擊蓮嗎？」

從尖塔上面對應該在迷宮裡的大衛這麼問道的，當然就是勒克斯了。

在鐘樓裡面半蹲著，架起放在三腳架上的ＦＤ３３８，其瞄準鏡的準心捕捉到了蓮。當然手指並沒有觸碰扳機。

這是只要願意就能開火的姿勢。

因為是有點距離與角度的往下射擊，再加上蓮又急急忙忙地在迷宮上奔跑，所以要一擊成功可能很困難——不過自動連射式的ＦＤ３３８的話可以不斷將子彈送進膛室。憑３３８拉普麥格農的威力，一發應該就足以解決掉蓮。

這是在至今為止的ＳＪ裡，幹掉蓮的最佳機會。

ＭＭＴＭ小隊能夠在這裡解決掉一路以來做了各種惡事的粉紅惡魔。

接著在三秒鐘後……

「知道了。如果是這樣那我了解了。跟Lady打聲招呼！」

聽見大衛回答的勒克斯，把ＦＤ３３８從三腳架上拿下並且收回，自己也蹲低身子躲了起來。

因為其他狙擊手爬到其他尖塔的話，自己很容易就會被擊中。雖然剛才確認過了，但並不保證現在沒有人爬上來。

在跟隊長他們會合，以隊伍具備的力量獲得優勝之前，要避免因為粗心而死亡。

就這樣——

縮回身子的勒克斯，結果在最後一刻沒能看見。

南側一座從城牆連結中央的巨大橋梁上，夏莉正在上面全力奔跑的模樣。

如果他看見了，絕對會對她開火，然後也會輕鬆地貫穿她才對。

蓮的幸運也傳遞到夏莉身上了。

時間稍微回溯，當蓮她們開始在牆壁上奔跑時……

「我們也要走了。」

「哦！」

「好的！」

M跟老大以及安娜也開始跑動。

周圍的所有敵人都被蓮狠狠擺了一道，所以已經沒有任何人往這邊靠近。

由於蓮她們離開了，所以三個人便改變隊形。

M將盾牌改成兩面直向疊在一起來擴張面積，老大與安娜各自用雙手來拿著盾牌。

兩個人跑在迷宮通道的前方，M則跟在她們後面。同時把沉重的MG5機關槍像是步槍一樣架在肩膀上。

不停前進的老大與安娜在迷宮中右轉的前方出現三名敵人。從浮標得知距離是10公尺。

「咦？」

「啊？」

「糟糕……」

面對太過於在意從頭上逃走的蓮，完全沒有反應過來的三個人，M無情地以機槍加以攻擊。老大與安娜迅速蹲低身子，機槍的子彈像暴風雨一樣從她們上方飛過。

「嘎！」

「咕！」

「吼！」

產生各種悲鳴與中彈特效，被金錢蒙蔽了雙眼的三個人，迅速被送回待機處。

確認周圍之後，老大看了一下手錶，時間是十四點二十六分。

「剩下四分鐘。」

M對她的報告做出回答。

「我會趕上的。接下來往左邊。」

酒場裡的觀眾看到了。

城堡中央的甜甜圈狀部分，也就是在迷宮城鎮裡的玩家零散地朝中央前進的模樣。

空拍影像裡，浮標會幫忙顯示出玩家所在地點，所以一看就能知道。由於數量繁多所以無法數清，看起來目前仍有四十～五十人。因為中央沒有顯示，所以不清楚有多少人。

時間來到十四點二十七分。距離崩壞還有三分鐘。

「現在還在迷宮裡亂闖的傢伙，應該來不及了吧。」

「是啊，還是準備好遺書比較好。」

「不過，要用毛筆寫的話已經沒時間磨墨了。」

「沒辦法了，就用原子筆吧。」

除了有在迷宮中東奔西跑而無法接近中央，已經絕對來不及的玩家外，也有現在這個瞬間順利穿越迷宮，衝進連結中央土台入口的玩家。

相對的，也出現迷宮通道明明來到中央，該處卻沒有入口而不知所措的玩家。

啊啊，真可憐，他整個人沮喪地癱到地上了。似乎在大叫著什麼。是對贊助商作家的謾罵嗎？一定是的。

「唉唷，ＭＭＴＭ的隊長還有——那是ＺＥＭＡＬ的女性成員嗎？」

目光敏銳的某個人，從並排著的幾個螢幕影像裡發現了大衛跟碧碧成功穿越迷宮，抵達城堡中央入口的影像。

整個聳立在酒場牆邊的最大畫面上正播放出這一幕。

那是從數量繁多且播映各種影像的螢幕裡，大大地播放最多人注目影像的構造。因為是ＶＲ空間，所以系統能夠知道哪個人在注意哪個地方。

大畫面裡，大衛架著愛槍ＳＴＭ—５５６，正在檢查高２公尺左右的魚板狀漆黑入口。

由於裡面一片黑暗，所以他似乎正在調查是不是有敵人在進入後不遠處埋伏，或者是有沒有設置了使用鋼絲與手榴彈的詭雷。

這段期間，碧碧就把槍身改短的RPD機關槍架在腰間，幫忙警戒著迷宮。

「兩人真是名不虛傳。雖然只是暫時的小隊。」

「嗯，確實很厲害。話說回來，那兩個人是在交往嗎？」

「還是改掉男女待在一起的話看起來就像是在交往的習慣比較好喲。」

「男人跟男人在一起我也這麼覺得，不行嗎？」

「這也改掉比較好。」

大衛他們消失在城中央，也就是黑色的入口當中。

兩個人看起來真的就像是被黑暗空間吸進去一樣。

接著大畫面馬上就切換成映照出蓮她們的模樣。

「喔喔！」

「成功了嗎！」

觀眾變得更加熱絡了。

蓮跟不可次郎兩個人終於抵達城中央了。

蓮與不可次郎在圍牆上跑著。

途中有好幾次被從下面開槍射擊，但是當然平安無事。完全沒有受傷。

不久之後兩個人就變得完全不在意大量進入視界當中的敵人浮標位置。他們全變成了不用理會的存在。

接著就抵達了高50公尺的巨大牆壁旁邊。

站在圍牆上的蓮，腳底下開著一個巨大的黑色洞穴。沒錯，那就是通往中央的入口。

雖然因為太黑而看不見裡面的情況，不過應該沒什麼問題才對。只不過還是希望它不是用世界上最黑的油漆所塗的牆壁，想進入的話就會撞上去。

目前更重大的問題是……

「不可啊……這該怎麼下去？有5公尺高喔……」

蓮到現在才注意到自己完全沒有思考過到下面去的方法。

3到4公尺的話，跳下去還可以用受身來吸收衝擊，但再多1公尺的話就會覺得非常恐怖了。

通路也相當狹窄，看來很難往前跳來完成受身動作。等等，斜向跳下去不曉得行不行？

面對煩惱的蓮，不可次郎還是用跟平常一樣的態度回答：

「嗯，也只有帶著受傷的覺悟跳下去了唄。因為我們又不能飛。」

「只能這樣了嗎……希望不要受到太大的傷害……」

正當蓮不情願地下定決心時。

「唉唷，等一下啊蓮，別這麼急。有墊子來嘍。」

「啥？」

蓮看向搭檔以右手槍榴彈發射器砲口所指的方向。

腳邊迷宮的通路上，有兩名男人朝著黑色入口跑過來。

相當高大且強壯的身體上穿著相同的法國陸軍迷彩服，是蓮她們不認識的角色，或者可以說是玩家。

武器同樣是成為法國代名詞的名槍．犢牛式突擊步槍「FA—MAS」。

看來屬於同一小隊的兩名男人，當然看見了蓮她們。由於知道就算射擊也沒用就沒有開槍。相對地，試著用「嘴砲」來攻擊。

「喂，在那邊的兩個傢伙！尤其是『惡魔的一百萬日幣』！」

好過分的講法。好多綽號都混在一起了。

「之後看我好好地痛宰妳們！」

「對啊對啊！把Neck wash乾淨後好好wait吧！」

兩個男人丟下這種挑釁的台詞一起靠了過來。

就算名字旁邊沒有數字也已經能知道。距離蓮她們的腳邊只剩下10公尺。

「好了，要上嘍。」

不可次郎一邊這麼說一邊為了操縱倉庫欄而迅速揮動左手……

「沒辦法了……」

蓮用背帶把P90繞到背後去。

MGL—140從不可次郎雙手消失的同時……

「要上嘍，小刀刀！」

蓮也從腰部後面……

「嘿！交給我吧！」

反手拔出如此回答的黑色戰鬥小刀。

然後拚命跑過來的男人們馬上就來到腳邊。

「上吧！」

「嘿！」

不可次郎與蓮跳了下去。

酒場的男人們從大畫面看見了。

身材嬌小的兩個人朝兩名壯漢落下，以靴子的鞋底踩住壯漢的模樣。

跳下來的兩個人讓男人們的下腹部承接威力，當然他們就因為無法支撐而倒了下去。

兩人摺疊起來的雙膝陷入男人們的心窩，把他們當成吸收衝擊的墊子後順利著地。

雖然聽不見聲音，但兩個男人的臉龐扭曲成難以形容的模樣，從嘴裡噴出像是液體的東西。

下一個瞬間，蓮的戰鬥小刀就朝男人的眼睛深深刺下，或許是認為一擊無法獲得立刻死亡判定吧，馬上就抽出小刀刺進另外一隻眼睛。

不可次郎在雙膝依然陷入男人心窩的狀態下，把雙手拿著的M&P手槍塞進男人大大張開的嘴巴裡，接著開始連射。

金色彈殼不斷地飛出。她似乎射出所有子彈，也就是15發。M&P的滑套完全退後並且停了下來。

男人當然已經死亡。上顎以上的部分全都變成紅色多邊形，身高也變矮了許多。

一片寂靜的酒場裡……

「不可次郎小妞手槍的射擊技術雖然很爛，但那樣就不會失手了。」

某個人丟出這麼一句話來。

「呼……這孩子終於願意聽我的話了……終於成為我的東西了。這樣的話，就得幫它取名字才行了。」

在男人的屍體面前，不可次郎一邊把交換完彈匣的M&P收回右腿的槍套一邊這麼說道。

「因為是M&P，嗯……MP……」

蓮在男人的屍體前，一邊把小刀收回刀鞘……

「名字之後再取吧。」

一邊這麼說道。接著手拿從背後繞回來的P90警戒著周圍。

雖然10公尺左右的極近處有其他人在，不過應該是在牆壁對面。對方並沒有靠過來。

看了一下手錶，時間是十四點二十八分三十秒。距離這個地點開始崩壞還剩九十秒。

「好了蓮，我們進去吧。」

不可次郎雙手架著MGL—140並且這麼表示。

「M先生他們呢……？」

蓮望著迷宮前方同時這麼表示。該處仍看不見M、伊娃以及安娜的名字。也就表示他們仍距離50公尺以上。

雖然從剛才開始就斷斷續續聽見槍聲，但蓮也不清楚那是不是M他們的戰鬥。

因為迷宮的牆壁成為隔音牆，槍聲變得相當模糊，不太能分辨距離與聲音。

剩下八十多秒就要開始崩壞了。雖然不認為如此寬廣的空間會一瞬間就全部崩塌，即使如此，這樣的時間要在迷宮裡前進50公尺還是太短了。

蓮想著是不是要重新連結通訊道具——

「別擔心，那些傢伙沒問題的。雖然沒有根據。我們就自己思考該如何存活下去吧。」

搭檔的發言……

「知道了……」

讓蓮轉過身子，把P90架在肩上並且朝洞穴靠近。

不可次郎表示「別擔心」的M等人……

「唔……」

看起來很需要擔心。

不對，是非常需要擔心。

「你們快沒時間了喔！」

老大邊這麼叫，邊從角落探出身子，以全自動模式的ＶＳＳ瘋狂開火。

因為是消音槍所以幾乎沒有槍聲，只有槍機不停運作的聲音，以及彈出的空彈殼掉落到地面時的聲音吵雜地響著。

「蠢貨！」

安娜也竭盡所能地咒罵著，同時手拿Strizh手槍警戒著後方。

Ｍ他們三個人目前正在迷宮的一角動彈不得。

往左的角落前方，是一條以迷宮來說有些太長，大約30公尺的直線通路。Ｍ預測那就是通往城堡中央的正確路線。

接著那條路前方還有另一個轉角。那裡是丁字路，也就是分為左右兩邊。目前有五名玩家占據了那裡。

那群傢伙從角落的兩邊露出槍械，毫不間斷地朝Ｍ他們射擊。

以全自動模式將突擊步槍彈匣內的子彈全部掃光，結束之後就由另一個人在完全沒有空檔的情況下重複同樣的動作。

雖然完全是盲目的亂射，但在寬只有3公尺的通路上還是造成了威脅。

明明只要前往城堡中央就好了，但那群傢伙為了發洩無法解決掉蓮的憤怒而無論如何都想把Ｍ他們留下來，或者是試著要打倒他們。怎麼現在就不想要一百萬了？

雖然M他們擁有盾牌，直線30公尺的通路依然不是能硬闖的距離。那段期間將受到毫不間斷的射擊。就算好不容易靠近了，只要對方投擲手榴彈，所有人就會被轟飛。

「剩下一分鐘了！」

安娜以悲痛的聲音這麼報告著。

M趁敵人交換彈匣的空檔，以MG5越過角落來進行最後的一次連射。對方雖然把手跟槍械縮了回去，但MG5這時卻沒有子彈了。

M為了不讓Pitohui遺留下來的機槍再被其他人使用，或是遭到破壞而把它收進倉庫欄。

接著岩石般的臉龐就轉向兩名女性，嚴肅地表示：

「聽我說，我有一個點子。」

十四點二十九分五十秒。

手錶告訴在入口前方的蓮目前的時間。

距離崩壞剩下十秒鐘。雖然不認為靠近中央的這個地方會馬上崩壞，但時間應該剩下不多了。

經過檢查後，入口看起來沒有陷阱與敵人。

不對，實際上可能有。因為太暗了而無法確認，而且也不能繼續把時間浪費在這個地方了。

蓮下定了決心。

「好，我們先走吧！」

蓮投身進入黑色入口，雙腳才剛著地就被謎樣浮游感包圍住。

「啊，這會被『傳送』到其他地方！」

蓮立刻就注意到，並且對守護著後方的不可次郎這麼說道。

那是遊戲中經常會感覺到的，遊戲裡才會出現的強制移動，亦即所謂的傳送。

系統重現的地球重力變弱，身體會有種輕飄飄飛起的感覺。或者可以說像是搭電梯下降的時候。

「那我也出發吧～」

不可次郎邊說邊跟了過來……

「咦？等——」

蓮慌了手腳。

剛才蓮的心裡……

「因為不知道會被傳送到什麼地方。所以先由我被傳送出去，再以通訊道具跟妳報告。安全的話，或者需要的話希望妳馬上跟過來。不行的話希望妳在那裡待到最後一刻，好好保護自己的安全。拜託了。」

是做出這種意思的警告，但沒想到她立刻跟了過來。

啊，看來是故意的。

蓮做出這樣的結論。

屬於重度遊戲玩家的不可次郎，在聽見蓮所說出的警告之後，應該馬上，不對，應該在蓮開口三年之前就發覺她的意思了。

但因為很有趣，還是跟過來了。

看來是錯估了不可次郎對自由的嚮往。不對，仔細一想，美優她從以前就是這樣了。是忘記了的自己不好。

在這樣的反省中，蓮的視界突然變亮。明明張著眼睛卻什麼都看不見。閉眼的話當然也看不見任何東西吧。

這樣在下一個瞬間過後，應該就會在其他地點。該處可能會遇見敵人就在眼前的狀況。

雖然說平常玩ＧＧＯ時幾乎不可能出現如此惡劣的傳送，但ＳＪ的話什麼都可能發生，所以絕對不能大意。

蓮把食指放到幾乎快要碰到Ｐ９０扳機的位置。

最後——

浮游感消失，清楚感覺到雙腳觸碰到堅硬的地面，亮光急遽收縮，視界恢復原狀時……

「嗨！來了嗎！」

眼前出現了克拉倫斯的笑容。她的笑臉還是那麼地爽朗。

蓮這時是站著，克拉倫斯蹲在她面前，由於蓮很嬌小，宛如寶塚男性角色般英俊的臉龐這時是稍微往上看。

因為太過出乎意料，差點就要開槍，蓮急忙把手指恢復成伸直的狀態。

「嗯，來了喲！」

蓮的身後傳出了不可次郎的聲音。

蓮轉過頭去，見到了無論怎麼看都是不可次郎的不可次郎……

這是哪裡？

蓮又繼續將視界環繞周圍一圈。

自己目前是在一個三張榻榻米左右，也就是長寬2．2公尺左右的正方形空間。

腳底是由石頭組合起來的平坦地板。然後地板的角落有一個能讓人通過的洞穴，下方是陡峭的樓梯。

空間的周圍有高50公分左右的石牆，其四個角落可以看到直徑40公分左右的粗大圓形石柱往上延伸。一抬起臉來，就看到柱子支撐的石頭屋頂。

「啊啊！」

蓮注意到了。應該說，在看見克拉倫斯的時候就應該注意到了。

「這裡是尖塔的最上層！」

「嗯，答對了！好了，先快點趴下吧。」

克拉倫斯……

「先來杯啤酒吧。」

以這樣的口氣說著……

「啊！」

蓮立刻就按照她的指示行動。因為回想起剛才克拉倫斯被擊中的事情了。這裡是可能遭到狙擊的地點。

至於不可次郎則是早就趴下了。她很擅長這樣的行動。不愧是重度遊戲玩家。

「不過跟兩位真的很久不見了。大概有三年了吧？」

克拉倫斯在趴著面面相覷的狀態下這麼說道……

「沒有啦，大學畢業後就沒見過了，大概隔了五年吧。一切都還好嗎？」

由於不可次郎也跟著裝傻，所以蓮也不用多說些什麼了。

或許是得到回應後感到滿足了吧，克拉倫斯開始說起正經事了。

「兩個人都確實活著吧？不是幽靈吧？」

真的比剛才還要正經了。

「好不容易才活下來！雖然遇見了許多困難！」

當蓮這麼回答時，剛才說過跟克拉倫斯待在一起的塔妮亞就從她身後露出銀髮與臉龐，當然依然是趴在地上。

「蓮，老大呢？」

「…………」

就在蓮思考著該如何回答的瞬間。

老大本人就出現在她左側的空間。巨大身軀、垂在兩邊的辮子以及猩猩臉龐，無論怎麼看都是老大不會錯了。

然後金髮太陽眼鏡的安娜也接著出現。

兩個人像幽靈般突然出現在空無一物的空間讓蓮嚇了一大跳，接著就理解自己剛才也是這樣。笑臉迎接自己的克拉倫斯膽子真大耶，蓮內心就因為這種奇怪的地方而對克拉倫斯感到佩服。

「哦？——哦哦！各位！」

被傳送過來後嚇了一跳的老大看見塔妮亞，立刻就很開心地咧嘴露出笑容，但她的笑容似乎有些無精打采。

安娜在太陽眼鏡底下的臉龐也有些陰鬱。

六個人趴在三張榻榻米的空間當然會覺得相當擁擠。蓮她們雖然嬌小，但已經擠得水洩不通。

簡直就像是熱門時期的高山小屋一樣。槍械相當礙事。當然槍械是沒辦法帶進一般的高山小屋。

毫不在意處於擠沙丁魚狀態的克拉倫斯很開心般說著：

「果然是這樣嗎！變成傳送模式，現在能夠自動完成小隊的會合了！」

蓮心裡也想著「原來如此」。

看來「今後也得分散開來作戰」這種的惡劣規則終於到此結束了。由於至今為止實在惡劣到了極點，所以現在也完全沒有「謝謝讓我們會合！」的心情就是了。

這只是猜測，設定上大概是十四點二十分的廣播之後，就會把人傳送到最先進入城堡中央的小隊成員那裡讓眾人會合吧。蓮她們的話是克拉倫斯，而ＳＨＩＮＣ則是塔妮亞。

如此一來……

「Ｍ先生呢？」

蓮這麼問著老大，同時也想到根本不用問也能知道的結果。

刻意把視線朝向左上方，就能看到平時為了不阻礙視界而配置在該處的小隊成員狀態顯示。

在看見的同時……

「M為了讓我們來到這裡而陣亡了。」

老大也做出這樣的回答。

跟Pitohui排在一起的M也變成紅色，名字上面還打了個×。

「…………」

面對嚇得沉默下來的蓮，老大接著做出像是要表達這是自己責任般的發言。

「我們在長長的通路上被敵人堵住前進的方向。M為了突破局面，抱著我的大型電漿手榴彈跟盾牌一起衝了過去。然後自爆打開一條血路。託他的福，我們兩個人才能在最後一刻趕到這裡。」

當老大結束說明的時候，整個世界就微微搖晃了起來。

「嗯，死了也沒辦法。看來城堡開始崩壞了。」

不可次郎毫無緊張感的發言傳進蓮的耳裡，逐漸崩塌的城牆則映入蓮的眼簾。

這是今天第二次的崩壞。

最外側的城牆不斷消失，連結中央的巨大石橋也像是被拖累般接二連三地掉落。倒楣一點的人待在下面的話絕對被壓死了吧。

但就算沒有待在橋下，也馬上就會失去立足之地了。城牆與石橋消失後，迷宮城鎮馬上也跟著消失不見。

從城鎮看的話中央部的高度達50公尺，塔尖頂上的話還要再加50公尺，因此蓮她們剛好形成從100公尺上方往下看的形式。所以能夠非常清楚地看見城堡內部的模樣。

「真壯觀呀。」

露出臉來悠閒看著那種模樣的不可次郎，一顆子彈隨即朝她的頭部飛來，擊中鋼盔後被彈到空中消失了。

「咕唔啵！」

雖然被鋼盔救了一命，但頭部還是像被揍了一樣，造成的衝擊也傳遞到脖子。不可次郎隨即發出不太常聽見的稀有悲鳴並且滾落在地。HP少了五％。

「狙擊手！來自西南方！」

蓮咒罵著悠閒觀賞崩壞模樣的我方，同時再次趴下身子。

其頭部的斜上方，倒下的不可次郎上面出現一條紅色彈道預測線，接著子彈就沿著預測線飛了過去。可以聽見凶惡的振翅聲。

「好危險……」

趴著側眼確認這一幕的蓮，為了慎重起見而對克拉倫斯問道：

「那就是隔壁尖塔的狙擊手？」

「對啊對啊，我的跟蹤狂。搞什麼嘛，他還在喔。技術很不錯吧？」

「我承認。」

「為什麼會開槍？到剛才都還很悠閒的啊。還相信我們兩個人之間有了愛的停戰約定呢。」

「好痛啊……那當然是有了別的女人了吧。」

雖然不可次郎如此說道……

「似乎不是這麼甜蜜的情況喔。」

老大卻加以否定。

老大將巨大身軀蹲在石牆後面，然後從石柱旁拿出雙筒望遠鏡來窺探。由於害怕兩個鏡頭都露出的話會被擊中，所以只露出右側的鏡頭。

這時老大本人把所看到的情況做出報告。

「西南方，待在隔壁塔上的是ＭＭＴＭ！開槍的是戴著太陽眼鏡，名為勒克斯的狙擊手。但是塔裡面……看起來沒有其他人在。」

「哈哈，那些傢伙也只剩下一個人了嗎？」

不可次郎這麼說著，這種情況雖然不是百分之百不可能，但可能性應該相當低——

冷顫！

蓮的背肌震動了一下。這是因為她不小心預測到了目前的狀況。

「不是那樣！還有其他人！然後傳送會合之後，了解我們的狀況……現在正準備到這座塔的底下來！」

「就是那樣！」

老大也表示同意的下一個瞬間，狙擊的子彈就掠過老大的頭部旁邊。

差10公分左右，子彈就會連同望遠鏡的鏡頭把老大的右眼射穿。

子彈飛走時那種像是把昆蟲振翅聲放大幾百倍的聲音，無論聽幾次都讓人感到討厭。不過「聽見了」也就等於「沒射中自己」的意思。

老大彎曲巨大身體……

「可惡！所有人——緊急往塔底下移動！下面被對方占領的話，就沒辦法從這裡出去了！這就是MMTM的目的！」

冷顫冷顫！

蓮的背肌再次震動。自己不祥的預測完全成真了。

也就是說，事情是這樣的。

大衛率領的ＭＭＴＭ藉由傳送完成小隊會合，注意到這邊的狀況——Ｍ與Pitohui陣亡。接著就為了幹掉蓮而迅速展開行動。

首先讓從剛才就占領陣地的狙擊手勒克斯獨自留在塔上，讓蓮她們無法看下方，或者無法在接近時進行攻擊。

這段期間，聚集的成員就衝下那座塔，朝蓮目前所在的塔跑去。

然後在適合的距離下包圍尖塔，把蓮她們關在塔裡面。

再來只要有電漿手榴彈就能試著把塔炸掉，或者是從底下慢慢攻擊把蓮她們逼入絕境。

他們自己不用冒險，只要對其他玩家……

「一百萬日幣就在那裡喔！」

宣傳這件事情就可以了。

結果蓮她們就會被大量的敵人包圍，沒辦法從塔裡出去而慢慢陷入危機當中。

確實很像ＭＭＴＭ擅長小隊合作，而且取決於大衛當機立斷的作戰方式。嗯，雖然是敵人，但確實很了不起。

等等，現在不是稱讚對方的時候。

「不快點下去的話會被幹掉……」

「沒錯！要走了！」

老大迅速這麼說的瞬間……

「唔啾！」

就被踩扁了。

蘇菲、羅莎與冬馬似乎從逐漸崩壞的城堡入口衝進來，在這個時間點，三個人一起被傳送到老大的身體上。

這也是沒辦法的事。空間實在太狹窄了。

「啊，老大抱歉！」

女矮人蘇菲注意到自己豪邁地踩著隊長的頭後開口道歉……

「別管那個了快趴下！」

「咦？」

動作似乎慢了一拍。

才剛看見蘇菲寬廣的額頭閃著彈道預測線的光芒，338拉普麥格農的強力子彈就飛過來了。

子彈準確地命中，並且確實貫穿頭部。

「遺憾……」

蘇菲只有說出這麼一句話的時間。

頭部被射穿而立即死亡的蘇菲，就這麼站著喪命了。

然後在這個瞬間，冬馬所搬運的「蘇菲的第二武裝」——但預定由冬馬來使用的，SHINC的必殺武器，反坦克步槍PTRD1941就無法在SJ5裡使用了。

看見蘇菲中彈後，堅強大媽外表的羅莎與黑髮美女冬馬就從老大身體上倒著趴下。羅莎趴到附近的克拉倫斯身上，冬馬則是趴到不可次郎身上。

「嗚嘎。」

「唔啾。」

兩個人都被壓扁了。這也是沒辦法的事。空間實在太狹窄了。

「唔唔！」

依然趴著的蓮聽見了老大的叫聲。那是帶著憤怒的吼叫。

心想她要做什麼的蓮側眼一瞄……

「什麼！」

忍不住就發出驚訝的聲音。老大把剛剛才出現的蘇菲屍體抬了起來。

把屍體扛到發動狙擊的方位，也就是剛才自己拿著雙筒望遠鏡的石柱那邊，讓它擺出抱著石柱般的姿勢後將其放下，然後自己用背部把它撐住。

因為只有40公分，所以用來躲藏還是會感到擔心的石柱，現在加上了蘇菲的屍體這件寬廣的物體。

在SJ裡屍體是不可破壞物體。在其消失前的十分鐘裡，能用來當成抵擋一切攻擊的盾牌。

自從SJ2之後，SHINC就沒有拿過蘇菲的屍體當成盾牌了吧。那個時候是刻意為之，這次則是不小心死亡只能拿來運用了。

「安娜！冬馬！」

「了解！」

「好！」

兩名SHINC狙擊手各自拿著德拉古諾夫狙擊槍來到屍體旁邊。冬馬她們可能是為了全力奔跑而沒有持槍，所以從倉庫欄裡把槍叫出來並且裝填子彈。

兩人把屍體當成盾牌，只露出槍口與瞄準鏡，把可能遭到射擊的面積降到最小限度。這樣還被擊中的話，只能夠隨機應變了。

接著就是開槍。

半自動的德拉古諾夫狙擊槍持續發出尖銳的連射聲，而且是一次兩把，所以塔裡面突然間變得很熱鬧。快速排出的彈殼發出閃閃亮光並且掉到尖塔外面。

距離大約760公尺的狙擊，對於德拉古諾夫狙擊槍來說準度實在不太讓人有信心。

雖然不太可能確實擊中藏身於該處的勒克斯，只要可以稍微讓對方低下頭停止他的狙擊就算相當大的成果了。

兩人持續射擊，老大則一邊頂著屍體……

「蓮和其他人！快趁現在到下面去！塔妮亞！妳打頭陣！從塔裡出去沒關係！」

「了解！」

銀髮的塔妮亞拿著野牛衝鋒槍轉身進入洞穴，就此消失在蓮的視界當中。

走完往下的樓梯來到尖塔外面之後，就對很可能已經在該處的MMTM發動攻擊。當然人單勢薄的塔妮亞將會死亡，但至少可以爭取到一點時間。

「怎麼這樣！」

蓮對於持續擴大SHINC犧牲的作戰感到不滿。

「M最後說了——『活下來幫忙保護蓮』。」

老大的發言讓蓮把下一句話吞了回去。

「M救了我們，我要遵守跟他之間的約定。」

「………」

各式各樣的感情像颱風一樣在蓮的內心捲動，這時代替說不出第二句話的蓮開口的是……

「哦哦，真有武士的風範。」

不可次郎輕浮地說著，並且從旁邊露出臉來。

「那我們走吧，蓮。接下來才是我們的戰鬥喲！放心吧。在妳身邊待到最後保護妳安全的就是我喲！」

「不可……」

妳是在幫我加油打氣嗎，這麼想的蓮眼眶有些濕潤……

「因為最後要從蓮的背後開槍獲得一百萬日幣的話，也只有這個辦法了。」

總之在遊戲結束之前，先開槍幹掉不可次郎可能比較好。

蓮不得不這麼想。

在Pitohui之後又失去M，LPFM小隊喪失了極大的戰力。

即使如此，在自己死亡或者遊戲結束前SJ都會持續下去，所以不能在這裡就停止戰鬥。

不論狀況再怎麼惡劣，到最後都不能放棄，要徹底戰鬥到最後。

這也是對至今為止幹掉的對手的一種禮貌。

這就是蓮，不對，是小比類卷香蓮在ＧＧＯ裡學到的事情。

咦？

因為想成為另一個人才開始玩ＧＧＯ的……咦？

等等，這樣應該沒錯吧……？

蓮雖然在內心整個歪起了脖子，但馬上就注意到現在煩惱這種事情也於事無補。

現在！要做應該做！還有能夠做的事情！

蓮下定了決心。今天已經不知道是第幾次了。

「我們會確保底下的安全！老大之後也要過來啊！」

這麼說完後，身材嬌小的蓮就朝著角落的洞穴匍匐前進……

「哦？這裡是哪裡？」

結果這時傳送過來的夏莉……

「唔啾！」

雙腳就這麼踩在蓮的背上。

「好重！」

微暗的尖塔裡面是不斷往前延伸的螺旋階梯。

對於被傳送到此的蓮來說，這裡是初次通過的地點。

直徑2公尺左右的塔中央有一條細長的圓形柱子，周圍則有板狀的階梯環繞著它。階梯間的差距相當大。空隙也不小。小孩子的話很可能會掉下去。如果這是在一般家庭，應該會被當成有缺陷的住宅。

內部沒有窗戶，完全沒有任何人工光源，但是卻保有能看清楚腳邊的亮度。因為是在遊戲裡面，所以呈現方式本來就是自由自在。

蓮高速衝下螺旋階梯，從後面追著塔妮亞追。

雖然不知道她怎麼樣了，不過如果沒有被最後一刻才傳送過來的夏莉用力踩中，就可以再快十三秒左右出發了。

由於高度是50公尺，因此以大樓來看大約有十層樓以上。所以必須花費一定的時間。

一邊跟離心力對抗一邊全力奔馳的蓮，耳朵裡……

「所有人重新連線嘍。」

傳來克拉倫斯跟平常一樣毫無緊張感的聲音。這樣子ＬＰＦＭ小隊的四個人就能再次以通訊道具聯絡了。

「謝謝！」

拚命跑下階梯而無暇顧及其他事情的蓮開口道謝……

「嗨，蓮。抱歉把Pitohui幹掉了。」

立刻傳進耳朵裡的是剛才傳送到自己正上方的夏莉所發出的聲音。

夏莉的口氣完全感覺不到內疚，反而透露出炫耀狩獵成果的感情，不過事關兩人長年的積怨，所以也沒辦法。漂亮地以狙擊打倒宿敵，她應該很高興才對。

不論如何，這些都過去了。

現在更重要的是……

「別管那個了，之後要一起合作！跟ＳＨＩＮＣ以『最後兩支隊伍』為目標喔！」

「了解了。事到如今，我答應妳會為了小隊竭盡所能。雖然獎金有點可惜就是了。」

「拜託了！」

強力的狙擊手跟小隊會合了。這樣就安心多了。

應該是認為對話結束了吧，克拉倫斯的聲音又傳進蓮的耳朵裡。

「倒是夏莉！把我的第二武裝拿出來啦！好不容易才入手又練習了那麼久，還以為正式比賽連一槍都沒開就要結束了呢！」

「嗯。現在給妳吧。」

「太棒了！」

先不管她們兩個人，蓮持續全力朝尖塔下方奔馳。

這時候不快一點就不妙了。是負面的那種不妙。

因為不搶在ＭＭＴＭ包圍這座塔之前抵達最下層或者是出口的話，就再也沒辦法出去了。雖然還看不見塔妮亞的背部，但感覺可以聽見往下的腳步聲了。

然後不愧是速度比塔妮亞還要快的蓮。最後她終於追上了白頭髮。

這時幾乎已經接近出口了。

螺旋階梯最後一階的前方是尖塔最底層的區域，在塔的南側，也就是朝向城堡中央開了一個人可以通過的洞穴。上面沒有門扉。

前方就是城堡的中央地基。

剛才沒有多餘的時間從上面仔細看，不過根據在森林裡聽見克拉倫斯所報告的內容，應該是直徑2公里的圓形平坦地點，放置了競技場風貌演習戰場那種能夠破壞的街壘。

由於迷宮已經崩塌，所以ＳＪ５能夠活動的地點就只剩下這裡了。一開始時明明是一邊10公里的四方形。

不過這對蓮來說是好消息。

地面平坦而且還有適度障礙物的空間，對於把能力值加到敏捷性上的蓮與塔妮亞來說是容易戰鬥的地點。ＳＪ１的最後戰役，也就是荒野戰場正是這樣的地方。

活用自身的高速來Hit and away，或者是以Run and gun來擾亂敵人，盡可能減少敵人的數量吧。

「塔妮亞，等等！一起出去！兩個人總比孤身奮戰要好！」

蓮對著馬上就要衝到外面去的塔妮亞這麼搭話。

「知道了！但是，我接到要保護蓮的命令。所以千萬別逞強！」

塔妮亞停下腳步幾秒鐘來等待蓮，蓮則是終於跑完階梯。

雖然不知道前方明亮的出口處有什麼人在，但憑兩人的速度應該不會那麼容易被擊中。

塔妮亞把加裝消音器的野牛衝鋒槍架在肩膀上，然後對旁邊的蓮輕輕使了個眼色。蓮便點了點頭。

塔妮亞的戰鬥靴踢向不清楚材質，看起來光滑卻一點都沒有滑力的地面後朝外面衝去。接著蓮在隔了一拍後也跟了上去……

「咦？」

蓮看見了。

來到明亮外界的瞬間，剛才衝出去的塔妮亞轉過頭來，以險峻表情瞪著這邊的模樣。然後也看見野牛衝鋒槍的槍口朝自己刺過來。

在無法有任何反應的情況下，蓮就這樣被塔妮亞推開了。圓筒的消音器前端用力戳著她的

胸膛。

塔妮亞加上體重的戳擊完全擊中蓮。蓮輕盈的身體就這樣被推回剛剛才出來的尖塔內部。

「什！」

一屁股跌坐在地上的蓮抬起頭來，就看見在入口邊緣之外，受到明亮光芒照耀著的塔妮亞。

把自己推飛出去的銀髮少女，或許對所做所為感到滿意，只見她露出燦爛的笑容。

「快趴下！」

對蓮留下這句話後，子彈就飛過來了。

蓮以超高速扭動身體倒下，跟塔妮亞的身體被子彈刺中是同時發生的事情。

在趴下的蓮3公尺前方，塔妮亞的身體不斷被子彈射穿。成了名符其實的蜂窩後，全身上下閃爍著紅色中彈特效。

蓮雖然感到驚訝，身體還是自然有所行動。

「咿呀！」

以不想說出名字的黑色扁平烏亮蟲子般速度爬行後，利用雙手雙腳爬回了階梯上。

一瞬間後，不知道是射穿了塔妮亞還是她的身體倒下了，只見有大量的子彈從入口衝進來。擊中並且貫穿了一些尖塔最下層內部的石頭，也有一些子彈變成跳彈繼續在內部反彈。

在這樣的情況中，蓮好不容易才躲到階梯上避難。

不知道是因為嬌小還是因為她是Lucky girl，又或者是綜合兩者才能辦到這件事，總之蓮連一發子彈都沒有被打中。

即使如此，彈雨還是持續下著。

「嗚呀！」

狹窄入口閃著紅色彈道預測線，橘色曳光彈像要為其增添色彩般飛至。

不清楚對手是ＭＭＴＭ還是其他小隊。很高的機率是前者吧。

但不論如何，還是有再清楚也不過的事情。

也就是沒辦法離開這座塔了。

「可惡！」

老大知道塔妮亞陣亡了。

不論是從伙伴的狀態畫面還是從肉眼。

她一面撐著蘇菲的屍體，一面把脖子伸長並且彎到極限來往下看。

在50公尺下方，數公尺前方，從街壘後面伸出槍口的男人開槍了。

從尖塔衝出去並且注意到敵人而把蓮推回去的塔妮亞，整個人被射成跟一條破抹布一樣。倒下的身體上出現了「Ｄｅａｄ」標籤。

「塔妮亞死亡。」

以苦澀口氣傳達給伙伴知道的瞬間，勒克斯就開始還擊，子彈貫穿了老大的臉頰。

「可惡！」

占據了尖塔的勒克斯獨自持續著狙擊。

完全發揮花了一大筆錢入手的愛槍ＦＤ３３８的性能。也就是盡可能連射再連射。會讓射擊姿勢變高的三腳架已經太危險了，所以就坐在柱子後面，把槍械前部抵在柱子上來射擊。

然後對準大約７６０公尺前方，肉眼看來像粒芝麻大小，在高倍率瞄準鏡裡看來就像在身邊的目標死命射擊。

雖然透過瞄準鏡見到的預測圓收縮相當激烈，尺寸也超過瞄準鏡的鏡頭，但在變成最小的極短暫時間裡，勒克斯也流暢地扣下了扳機。

他的目的是絕對不讓待在塔上的傢伙往外露出臉來。

原因就跟蓮的預測一模一樣。

傳送後，所有人順利集合到勒克斯所在地點的ＭＭＴＭ——因為太狹窄，還是有幾個人被踩到了。

接著大衛一瞬間就想到把蓮她們關在那座塔裡的作戰並且立刻加以實行。

如果那座塔裡的狙擊手能夠探出身體並且把槍朝向下方的話，應該很簡單就能射中從距離尖塔較遠的位置移動之中的ＭＭＴＭ成員了吧。

無論如何都不能讓對方這麼做，因此勒克斯是以犧牲自己也在所不惜的氣概持續開火。

ＦＤ３３８的10連發彈匣清空，槍機完全退後並且停住了。

勒克斯立刻抓起剛才從倉庫欄裡叫出來，隨便擺放在眼前地板上的預備彈匣。

交換彈匣，接著用手掌拍擊槍械左側的保險銷機。退後的槍機咬住大型３３８拉普麥格農子彈後前進，將其送入槍身後端的膛室之中。

這極短暫的時間內，尖塔的狙擊手——ＳＨＩＮＣ兩名使用德拉古諾夫狙擊槍的成員就探出臉與槍械，毫不留情地開火反擊。從拿來當成盾牌的屍體旁邊看見槍口的光芒。

但是在彈道預測線像大蚊子般在自己身邊閃爍飛舞的情況中，勒克斯還是沒有逃走。

如果紅色彈道預測線進入自己窺探的瞄準鏡裡，那個時候就一定得躲避了。因為那可是直擊腦門的路線。

但除此之外他就毫不畏懼地開火反擊。

就算擊中身體，只要守住Vital zone，或者可稱致命部位——也就是「一中彈可能立即死亡的地方」就可以了。像這樣躲在柱子與石牆後面，該部位中彈的可能性就相當低。

他已經有了「Vital zone之外就算中彈也無所謂」的決心。

比如說，為了架住步槍而必須露到柱子外面的右手被擊中，也不是會立刻死亡的狀況。只要忍受麻痺般的疼痛就還是能反擊。

即使如此，還是因為跳彈、稍微沒有注意到的彈道等Gun Gale之神的惡作劇而偶然被擊中要害的話——那也只能咒罵自身的倒楣，同時稱讚敵人的好運了。

勒克斯持續開火。

在SHINC反擊的火力中持續開著槍。

兩座塔之間，高50公尺的空中因為你來我往的預測線與子彈而變得熱鬧了起來。

雖然不清楚理由，但SHINC的必殺反坦克步槍PTRD1943沒有噴火算是很幸運了。

那把槍的話，或許能把勒克斯連同他一起躲藏的石牆一起轟飛。

但是如此凶惡的威力必須以非常之長的槍身來做交換，所以只要擺出來一定馬上就能看見，目前看來仍沒有動靜。當然他無法得知槍械持有者已經因為自己剛才的一擊而死。

勒克斯本人因為自己的槍聲而聽不見。

大衛率領的其他眾成員，為了包圍蓮她們所在的尖塔而在周圍的街壘後散開，以集中火力把從塔裡出來的塔妮亞射成名符其實的蜂窩時所發出的槍聲。

「包圍尖塔把ＳＨＩＮＣ的攻擊手幹掉了。蓮大概逃到裡面去了——不過這不要緊！」

透過通訊道具從大衛那裡接到了報告。

作戰成功了。勒克斯完成了隊長賦予自己的任務。

而且……

「一切都是託你的福，勒克斯。你幹得很好！」

還獲得了隊長的稱讚。

大衛是那種斥責時一對一低調進行，褒獎時則在眾人面前大聲誇讚的隊長，所以相當受到大家的愛戴。

真是的，公司的上司也像他這樣就好了。那傢伙只有在發火時會在眾人面前咄咄逼人，稱讚人的時候——話說回來，我根本沒被稱讚過。功勞都被那傢伙占走了。唉唷，現在別想現實世界的事了。

「那就開始快樂的加班吧！」

勒克斯笑著這麼回答後，再次裝填子彈並且看向瞄準鏡。

ＳＨＩＮＣ的狙擊手們到剛才為止都不停還擊的彈道預測線，現在已經都看不見了。

勒克斯不清楚理由。

是知道尖塔被包圍後放棄無謂的反擊了，還是有什麼其他的企圖。

正當無法找出答案的勒克斯，依然持續著反擊的連射時。

一發子彈朝勒克斯的右上臂飛過來。

感覺到疼痛時……

「還能戰鬥呢！」

想要回擊的勒克斯把力道加諸於右手的食指。

腦部做出命令，指令從虛擬空間朝著手指發出。

然後愛槍並沒有發射子彈。

「咦？」

長長的ＦＤ３３８在重力的影響下從勒克斯的右側落下——

撞上了石牆又掉到地板上，傳出兩聲喀嚓喀嚓的聲音。

「啥？為什麼？」

勒克斯把視線往右下方移動，結果就看見了答案。

自己的右手跟自己的槍械一起掉在地上。

切斷面被多邊形網格與紅光覆蓋的，似曾相識的迷彩服手臂。那隻手正緊緊握著FD338的握柄。

「啊啊？」

勒克斯的視線繼續往右移，然後稍微往上抬就看見自己的右肩。那是下方空無一物的肩膀。

「不會吧……？」

沒有彈道預測線，飛過來擊中手臂的唯一一發子彈。

但又不是反坦克步槍。

卻能夠把手臂整個切斷。

「啊啊！是那個傢伙嗎！小不點的同伴，開花彈女狙擊手！」

勒克斯一邊說出正確解答，一邊扭動身體，將左手朝愛槍伸去。

以左手把自己仍緊緊抓住握柄的右手抓過來，接著將礙事的右手隨便往後一扔。

除了虛擬空間之外，很難有扔掉自己手臂的經驗。不對，應該說絕對不想有這種經驗。

勒克斯只用左手拿起長槍，把前部放在石牆上，然後槍托抵在左肩擺出射擊姿勢……

「才不認輸呢！」

就這樣以一隻左手再次開始連射。

這時已經沒有仔細瞄準的餘地，只是肉眼看見著彈預測圓變小並且跟尖塔重疊在一起就開槍的粗略瞄準。

「我不會輸！不會輸的！不會輸的！」

每次射擊，勒克斯都會發出不輸給槍聲的吼叫。

然後剩餘的子彈射盡，槍機停在退盡的位置……

「還沒呢！」

只用一隻左手讓彈匣掉落的瞬間，夏莉發射的子彈就飛過來，在他愛用的太陽眼鏡上開了一個洞。

慢了一會兒，子彈就在勒克斯的眼窩裡炸裂了。

開槍的女性……

「呼……確實很纏人……」

筆直拉著R93戰術2型狙擊步槍的槍機拉柄並且這麼呢喃。空彈殼從右側排出，朝著大約50公尺的下方掉落。

「幹掉了嗎？夏莉？」

克拉倫斯如此問道。

「嗯。」

「那我可以放手了嗎？」

「當然不行！」

夏莉以帶著怒氣的聲音這麼回答。

雖然很想認為是在開玩笑，但克拉倫斯真的可能會這麼做。

「倒是快把我拉上去。」

這麼說的夏莉，目前正用繩子吊在尖塔外面。

用自己的繩子纏住身體與腿部作為安全帶，從塔的北側外牆，勒克斯與ＭＭＴＭ等人看不到的位置往下吊著。

然後在懸掛於牆邊的情況下雙腳用力踩住，把Ｒ９３戰術２型狙擊步槍壓在塔的側面來射擊。

這個點子是來自於ＳＪ４時，在商場與其交手過，隸屬於Fire傘下的男狙擊手。因為這名以ＸＰ１００手槍讓夏莉陷入苦戰的男人，就是用繩子爬上柱子來射擊。

從表演雜技般的姿勢所發出的一擊，不對，是「兩擊」漂亮擊中對手的夏莉，因為被吊在距離最上層空間往下２公尺左右的地方，拿著槍的她很難爬上去。

「真拿妳沒辦法。一、二、三……」

在克拉倫斯以及ＳＨＩＮＣ的三個人用力往上拉之下，夏莉又回到塔裡面。

一看到她的身體……

「被擊中了！」

注意到這件事的冬馬就這麼表示。

夏莉的側腹部閃爍著一大片中彈特效光芒……

「噢，真的耶。」

夏莉輕鬆地這麼回答。似乎因為太過集中於射擊，根本沒有發覺自己中彈了。ＨＰ一下子就只剩下一半。

「嗚哇！夏莉要死掉了嗎？」

克拉倫斯這麼問道。

「妳為什麼這麼開心？」

由於詢問的口氣聽起來很開心，夏莉就開口追問原因。

克拉倫斯回答：

「哎呀，那不重要啦，記得施打急救治療套件喔。」

大衛從狀態條得知勒克斯壯烈犧牲……

「勒克斯——Down。」

於是以平淡的口氣向現在也舉著槍對準入口的同伴們這麼報告。

大衛、健太、傑克、波魯特、薩門等五個人以10公尺以上的間隔散開，躲在街壘後方。與塔之間的距離大約是數十公尺。

離更遠的話，其他街壘就會覆蓋住視界或者射界而無法瞄準塔的入口。相對地，繼續靠近的話，街壘的高度會不足，產生被從上面的狙擊或者往下丟的手榴彈幹掉的危險性。

只有腳程相當快的健太不停在街壘之間移動，確保視野並且警戒後方。有敵人的話，愛槍G36K當然就會噴火。

剩下的四個人則以射線對準蓮等人的尖塔入口。尤其是傑克還用兩腳架來擺設HK21機槍，持續瞄準著入口。

這是只要稍有動靜，立刻以全自動模式發出子彈的態勢。剛才幹掉塔妮亞的子彈就是由他發出。可以說充分發揮了機關槍的威力。

「所有人警戒上方。別隨便露臉。」

大衛做出指示。在勒克斯陣亡的現在，必須要注意來自塔上的攻擊了。

聽著命令的傑克，讓自己的身體以及HK21稍微退後。

「我來監視。」

架著貝瑞塔ARX160的波魯特代替他警戒入口附近。

大衛舉著槍身下方加裝槍榴彈發射器的STM—556，依然維持著有人出來就發射槍榴彈的姿勢……

「『無線電。切換為第二頻道』。」

以事先準備好的聲音指令來切換通訊道具的頻道。

「聽得見嗎？」

「可以喔。」

耳朵傳回淑女的聲音……

「暫時先把蓮她們關在塔裡了。最北邊的那座塔。能過來嗎？」

大衛對碧碧這麼問道。

碧碧的回答是……

「嗯，當然可以了。我會一邊『說服』周圍，一邊盡快趕過去。」

她以賢淑範本般的口氣這麼回答。

「為了解決粉紅惡魔的同伴。」

SECT.13

第十三章　塔攻防戰

酒場的觀眾們從畫面上看到了。看見事情發生的經過。

「好狠啊……」

ＺＥＭＡＬ這支「最強隊伍」無情屠殺敵人的模樣。

「那些傢伙真的變強了……」

「跟一開始時比起來簡直是另一個人，不對，是另一支小隊了。只有名字、長相跟武器一模一樣。」

「是啊，一開始就只有火力而已……可以很清楚地知道，人類會因為教育方式而有所成長。」

「應該說，碧碧到底是何方神聖？」

現在變成ＳＪ５最後且唯一一個戰場的城堡中央。在其東南部附近，ＺＥＭＡＬ存活下來的三個人，在女神的指示下持續著勢如破竹的進擊。

站在模擬Ａ字形隊列前頭，同時以Ｍ２４０Ｂ機槍射擊的是雞冠頭的肌肉男休伊。

託著彈預測圓的福，他不需要窺看架在肩上的瞄準鏡。

像電影主角那樣把槍托貼在腰部來射擊，而且還能確實地瞄準。靠著背上以金屬帶連結的背包型供彈系統，可以連續發射800～1000發子彈。

他從街壘的角落光明正大地出來後，以7.62×51毫米NATO彈朝著剛才在大約30公尺前方發現到的紅褐色迷彩服隊伍一陣亂射。

無法即時逃走而當場被擊中的其中一個人，可憐地被射穿頭部而立刻死亡。

休伊又對急忙躲到街壘後面的兩名殘存的玩家追加了全自動射擊。

抵擋數發子彈的街壘突然消失，整個人曝露出來的兩人根本來不及逃走，就被迫退出戰場了。

這個瞬間，T—S的一名成員果敢地從距離休伊左側40公尺左右的街壘後面衝出來。

認為自己可以承受一定程度槍擊的他，緊緊把「斯泰爾AUG」突擊步槍夾在腋下後全力展開突擊。可能是本屆才開始的改造吧，AUG變成了長槍管上附加兩腳架，被稱為「H—BAR」的類型。

拿著長槍且全身護具的男人一展開突擊，看起來就像是中世紀的騎士。

預測就算以5.56毫米彈開火並且擊中也無法立刻擊倒對手，才會打算活用防禦力盡可能靠近吧。

「哦哦！」

「行得通嗎？」

酒場裡的男人們沸騰了起來。從坐著的狀態探出身子並且握緊拳頭……

「啊啊……」

還是沒能成功。

防衛A字陣型左側的麥克斯——GGO內是常見的黑人角色，使用MINIMI・Mk46機關槍的男人，立刻無情地開始槍擊。

而且在中央的碧碧也開始用改短槍管的RPD輕機槍射擊。

斯泰爾AUG從奔跑的T—S成員手中脫落，不久後就炸開來。這是需要修理的情況。然後還開始從他全身爆出漂亮的火花。

命中的子彈雖然無法貫穿護具，但還是無法改變遭強烈衝擊毆中的情況。男人失去平衡，朝左側倒下。

即使如此還是不認輸，拚命想要站起來的科幻士兵隨即被彈雨襲擊。

簡直就像是對著花圃灑水的花灑。而且還是澆太多水，量大到讓人擔心花會不會就此腐爛。

麥克斯和碧碧或許都還有大量的預備子彈吧，只見他們下手都毫不留情。

「看來是想把他揍死。」

「不對，那些傢伙純粹是想開槍而已吧。」

或許真的是這樣。

T—S的成員全身不斷受到重擊，因為衝擊與疼痛而想站也站不起來。這真是太可憐了。

「啊，曾經在電影『機器戰警』裡看過這個場景。順帶一提是1987年的第一版。」

「又提到令人懷念的電影了……」

「T—S男應該心想『殺了我，乾脆殺了我……』吧。」

「等等，裡面可能是女的喔。」

「不可能——不過如果是就好了……我想溫柔地安慰束手無策而落敗，並因此傷心的T—S成員。」

「不，應該由我來！」

「你們幾個沒人愛的男人別再作夢了。」

在酒場內男人們擅自熱絡的聊天當中，很可惜的，T—S成員似乎不想再繼續承受痛楚，忍不住就選擇了投降。

也就是離開遊戲。

揮動左手後他的身體就嘶咚一聲失去力量而整個人趴下去，接著上面亮起「Resign」的標籤。機關槍的射擊停止，世界恢復安靜。

接著鏡頭就捕捉到從陣形中心緩緩開始走動的碧碧。

碧碧的右側跟著註冊商標是鼻子上貼著膠帶，身材為ＺＥＭＡＬ之中最矮小的彼得。他的武器是以色列製的內蓋夫，5.56毫米彈機關槍。彼得在碧碧前方3公尺左右的位置左右來回走動。

乍看之下像是躁動不安的動作……

「那個男的是想上廁所嗎？」

酒場內男人的感想引起周圍一陣笑聲。

「不是，那是為了讓自己能夠成為女性隊長的盾牌，配合前方的街壘在改變位置。」

其中一個人隨口如此說道，結果引起周圍眾男性的注意。

「太厲害了……是有實戰經驗的人嗎？」

面對這個問題，男性稍微露出微笑並且回答：

「在ＧＧＯ裡也算的話。」

畫面當中的碧碧似乎在大叫些什麼。

她正使用著擴音道具。雖然很像在運動會等場合經常會看到人使用的那個，但這裡變成充滿科幻氣息的四角形外觀，整體也變得比較小。

酒場的男人們今天才知道有那種奇怪的道具。

酒場的眾人完全不知道為什麼要準備那種東西。

碧碧用擴音器大叫著些什麼。酒場裡聽不見聲音。

「那是在做什麼啊……？」

「應該是在呼喚周圍的玩家吧……」

「啊，我知道了！」

集所有人目光於一身的男人說出正確答案。

「是要募集伙伴去打倒粉紅小不點！」

「我們要去打倒被關在正北方尖塔裡的蓮，也就是1億點數懸賞犯隸屬的小隊。但我想打倒的目標其實是使用槍榴彈發射器，名字叫做不可次郎的玩家。所以我不需要獎金。想跟我們一起前往的人報上姓名。我們一起去打倒蓮吧。說不定能獲得獎金喔。還是說，要在這裡跟我們比拚火力？」

碧碧重複著這樣的發言。

這樣的聲音傳到遠方，連在街壘後面都能聽得見。

聽見這樣的內容後，身穿沙漠迷彩服的男人就舉起美軍指定使用的突擊步槍「M16A4」，讓它從街壘上方露出來。

「喂喂，別開槍！我願意加入！」

可能只要有人參加就不會覺得丟臉了吧……

「我也是！」

「求之不得！」

三三兩兩存活到現在的玩家，或者是小隊都同意了碧碧的邀請。

在休伊、彼得、麥克斯小心翼翼地以機槍對準當中，不架起自己的武器就靠了過去。周圍的槍聲瞬間消失了。

面對靠過來的眾人……

「好吧。地點是最北邊的尖塔。跟我們合作的『memento mori』小隊已經包圍附近了。一邊大聲搭話一邊靠過去吧。偷偷摸摸地靠過去的話絕對會被擊中，要小心喔。」

碧碧露出和藹的笑容並且這麼說道。

「蓮啊，我幫妳把礙事的狙擊手幹掉了。」

即使聽見夏莉的聲音……

「那真是謝謝了。但是，出不去了……」

蓮在塔的入口，或者說是出口進退兩難。

剛才蓮把一個子彈剩下不多的Ｐ９０彈匣從腰包裡抽出來，試著在盡可能不引起注意的情況下從入口旁邊悄悄地伸到外面。

下一個瞬間就滋啪一聲直接被射穿。彈匣承受超越道具耐久值的傷害，變成光粒消失。

那是突擊步槍上裝了瞄準鏡的大衛所做出的狙擊，不過蓮無法得知是誰開的槍。

只是……

「只要稍微跑到外面去就會被擊中！」

可以清楚地知道這件事。真的再清楚也不過了。

然後……

「不過對方似乎也不會積極地進攻。」

想這麼做的話，就會在有狙擊手掩護的時候實行了吧。如果遇見那樣的情況，蓮在逃到上層後，應該就會讓他們在入口嚐嚐小Ｐ的連射了，哼，算他們運氣好。

「蓮啊，老大說想跟我們小隊通話，應該可以吧？」

「當然了！所有人都連線也沒關係！」

立刻回答完不可次郎的問題兩秒鐘後，耳朵裡就聽見老大的聲音。

「蓮。我知道妳想快點從塔裡出去。但事到如今也沒辦法了。改變成由塔上迎擊敵人吧。只有MMTM的話應該能撐得過去。希望在互相乾瞪眼期間，其他小隊能夠變少一些吧。」

雖然是被動，或者可以說消極的計畫，但蓮心想「也只能這樣了」。

說起來占據制高點在戰鬥上本來就會占優勢。

雖說來自上方的攻擊會被街壘阻擋，但連續射擊就能把它銷毀。即使最後還是會復活，但至少可以把人從躲藏的地點趕出來吧。

不過剛才也曾經想過，這段期間內被更多敵人包圍，然後遭到強力的武器破壞尖塔的話就完蛋了。

Five Ordeals時夏莉拚死以電漿手榴彈炸倒大樓，對方因此而死亡——最害怕出現像這樣的情形。

不過現在代替M訂立作戰計畫的是老大。

蓮也只能遵從她的指示。

「知道了。我還是繼續待在下面。反正可以從階梯上面射擊試圖闖進來的敵人。」

「好，交給妳了。」

「交給我吧！」

以如此充滿自信的口氣說著的蓮，當然——

不知道ZEMAL那群傢伙一邊募集伙伴，一邊在MMTM的誘導下往這邊攻過來了。

一切全是因為碧碧要打倒不可次郎。

被碧碧說服，或者是拐騙後，大約有十五名男性跑近MMTM所包圍的尖塔。

正如「三五成群」這句成語所形容的，是以少數人的集團來奔跑著。有的是同一小隊，有的則是吳越同舟。

由於在前往尖塔途中要是被不知情的傢伙攻擊就太倒楣了，所以也不忘要說出自己聽見的情報。也就是「有機會幹掉遭到懸賞的粉紅惡魔，你們有沒有興趣？」。

他們還有蓮都無從得知──這個時候SJ5的生存者已經剩下四十個人左右了。

以三十支隊伍共一百八十個人左右開局的SJ5，現在只剩下這些人。

然後已經沒有毫髮無傷，也就是沒有欠缺任何一名成員的隊伍了。

距離尖塔還有1公里以上的距離，所以男人們都是全力奔馳，不過因為是虛擬世界，也就沒有因此而氣喘吁吁。

「你的傢伙到哪去了？」

在這樣的情況中，身穿沙漠迷彩服手拿M16A4的男人對跑在旁邊的男人這麼問道。

「『傢伙』？」

露出愣了一下的表情並且如此反問的男人，手上沒有拿任何武器。

他是做綠色T恤加迷彩戰鬥褲這種像是走在格洛肯街頭的輕裝打扮。

看來是一名沒有任何特徵，不胖也不瘦的白人虛擬角色。

「指的是你愛用的武器啦。這在GGO裡應該不是太冷門的說法……」

提問的男人露出疑惑的表情。

「啊啊，是主武器的意思嗎？抱歉！當然原本是有，但是在都市區被爆風吹走了。實在找不到，後來就一直一直在逃走。結果也沒能跟伙伴會合……」

疑惑的表情轉變成能夠理解的表情。

「原來如此。那應該是上一屆大鬧一番的自爆隊伍引起的吧？他們也參賽了吧。不過接下來就要去對付粉紅惡魔了，你這樣真的沒問題嗎？」

接著又提出極為理所當然的問題。

空手的男人邊跑邊揮手說：

「啊，怎麼可能啦。獎金什麼的根本是痴人說夢。不過都到這個地步了，是想親眼看看1億點數的結果。反正小隊也只剩下我一個人還活著，真的太感謝ZEMAL的提案了。」

「原來如此。那麼，好好加油吧。話說回來，你們的小隊名稱是？」

沙漠迷彩男這麼問道，沒有任何特徵的輕裝男人便笑著回答：

「我們的小隊名是ＢＯＫＲ。這是第一次參賽，請多多指教！」

「隊長，不發射槍榴彈嗎？」

警戒後方時經過大衛身後的健太，小心翼翼地到處走著同時隨口這麼問道。對話是透過通訊道具。現在只有同一小隊成員連線。

大衛的ＳＴＭ—５５６在槍身下有附加式——之後才追加的槍榴彈發射器。

不論是從距離上還是大衛不停鑽研的技術上來看，應該能把槍榴彈射入那座塔的入口才對。

持續保持警戒的大衛沒有回過頭，但是咧嘴笑著回答了健太。

「如果粉紅小不點就那樣死了會很困擾。這都是為了讓想要1億點數的眾人來到這裡。」

聽見用了倒置法的答案後……

「了解了。如果是這個理由的話。」

健太也同樣用倒置法來回答。

「碧碧的目標只有在ＡＬＯ裡結了不少梁子——應該說勢同水火，而且還謀殺了Sinohara

的不可次郎。她似乎相當看得起那個使用槍榴彈發射器的傢伙。所以在那之前就讓她們自由活動吧。現在碧碧要幫忙聚集人手過來，那些人拿來削減蓮等人的戰力與殘彈是最適合也不過了。」

「那麼，在那之後呢？」

健太一邊離開大衛身邊一邊這麼問道。因為他的任務是不停地移動並且警戒後方。

「當然是為了贏得ＳＪ的優勝而傾全力打倒ＺＥＭＡＬ，而且是不擇手段。」

雖然說得相當含蓄，不過「不擇手段」就是再卑鄙的手段都會用的意思。

比如說ＺＥＭＡＬ對付完蓮她們而疲憊不堪時從背後開槍之類的。

因此不希望目前在塔裡的傢伙太過疲累。

「就知道你會這麼說！」

健太以打從心底感到開心的口氣這麼回答。

「反正對方一定也有同樣的想法。」

「我想也是——哎呀，馬上就有客人來了。」

健太發現邊把槍舉到上面邊往這邊靠近的男人們。

「砲灰團來了，請往這邊。」

時間是十四點三十五分。

酒場的男人們靠著轉播來知曉戰況。

畫面上雖然沒有說明文，但同時跳著觀看播放各種地點的影片自然就能夠知道狀況。

怎麼說這群強者都忍耐過除了乳白色外就看不見任何東西的頭一個小時了。面容看起來就是不一樣。

「小蓮她們沒有從塔裡出來，或許應該說出不來吧。」

粉紅惡魔與娘子軍殘存者聯合小隊的七名成員躲在聳立於正北方的尖塔裡，也沒有對周圍發動攻擊。

「之所以沒有射擊，是為了節省子彈吧。說起來這也是理所當然的事。」

「是打算直接待在那裡，等待其他小隊互相消磨嗎？」

ＭＭＴＭ的五個人雖然遠遠包圍了尖塔，但是也同樣完全沒有積極進攻，真的只是包圍而已。

「大衛跟碧碧之間應該訂下合作的密約了吧。」

ＺＥＭＡＬ目前在戰場中央附近光明正大地進擊，同時說服著其他殘存者前往蓮所在的地點。

雖然不清楚對話內容，但是可以知道跟他們說話的傢伙都轉過身子，一直線朝著蓮前進。

有時會響起簡短的機槍聲，那就是正在順手擊殺那些不聽話的傢伙。

應該是營運公司提供的服務吧，一個畫面上出現地圖，然後用光點來顯示生存玩家的位置。

老實說大家心裡都有「事到如今才這麼做！」的想法，但是都刻意沒有說出口。

根據這份地圖——

「所有存活下來的參賽者都聚集在北邊耶。」

蓮等人以及ＭＭＴＭ之外的所有光點，全都慢慢地往北邊集結。看起來就像是聚集在方糖旁邊的螞蟻。

「如果是我就偷偷跑到南邊，然後一直躲起來……」

「我可以看到你被最後留下來的最強隊伍徹底追趕，嚷著『可惡，與其讓那些傢伙殺死！』然後跳崖自殺的命運。」

「這樣啊，你是預言者嗎？」

自顧自的享受著美酒與下酒菜並且看著畫面的男人們，這時候又擅自開始對話起來。

「這是想賺獎金而聯手的傢伙們被蓮等人幹掉，之後又全死於ＺＥＭＡＬ與ＭＭＴＭ手中，剩餘的兩支小隊再對抗然後結束比賽的發展嗎？」

「大概是這樣吧……嗯，最後兩支隊伍一定都想趁對方不備時撿便宜吧。」

「可以預測到結果，害我有點失望了……真希望有些驚訝與驚喜。」

「那是一樣的情緒吧。」

「好了你這傢伙，現在就闖入賽場大鬧一番吧。」

「交給我吧！看我對著畫面跳躍——喂，哪辦得到啊！」

「謝謝你的先配合後吐嘈。」

「別客氣。可以坐下嗎？」

「請坐請坐。我幫您暖座了，大人。」

「辛苦了辛苦了——喂，這本來就是我坐的地方吧！」

「謝謝你一再的配合。」

面對代替比賽炒熱現場氣氛的兩個人……

「你們到別的地方去表演。話說回來——」

一名冷酷的男人這麼說道。

「都已經是這種時間了。為什麼死亡的參賽者都沒有回到酒場裡？這實在太奇怪了吧！你們說對吧！應該說，為什麼大家都不覺得奇怪呢？為什麼！」

結果一點都不冷酷。

「我們的目標是優勝，所以打算把1億點數讓出去。因此，塔的攻略就交給各位。你們可以盡情地發揮。」

大衛溫柔地對所有以金錢為目的而靠近的男人這麼說道。

在大概包含了「你們這些傢伙絕對不可能獲得優勝」的含意之下，不忘刻意說出「1億點數」來煽動男人們想不勞而獲的心情。

「塔上殘存的成員有SHINC的隊長、一名機槍手、兩名狙擊手。LPFM的狙擊手，寶塚女、小不點槍榴彈手。還有被懸賞的人頭。共七名。」

甚至還贈送了一則這樣的情報。

雖然不清楚正確的人數，不過聚集起來的大約二十名左右的一群人裡面，似乎沒有指揮眾人的隊長。

幾乎在所有人側眼看著大衛經過的情況中……

「還是先道聲謝。」

身穿沙漠迷彩拿著A16A4的男人這麼回答。他以藏有相當決心的眼神來瞪著大衛。

那是完全理解大衛和碧碧打算把自己這群人當成砲灰或者肉盾——總之就是盡情利用的眼

神。

即使如此，他還是要去打倒蓮。

在小隊一開始就分散各處，而且伙伴已經全部喪生的現在，接下來要獲得優勝只是痴人說夢。如果想在被惡劣規則惡搞的ＳＪ５裡報一箭之仇，也只剩下這個方法了。

「期望各位武運昌隆，好好打一仗吧。」

完全清楚對方窘境的大衛這麼回答。幾乎是在諷刺人。

接著就立刻從一直到剛才都躲著的街壘後方緩緩地開始後退，當然也警戒著是不是有人想偷襲。

這個時候要是被待在尖塔最上層的狙擊手擊中就不好玩了，所以隊友也同時監視著上方。

不過待在上面的老大等人似乎完全沒有露臉。應該是躲藏起來，等待留在下方的眾人自相殘殺吧。

「但事情可不會那麼順利喔。」

大衛對著看不見的老大送出這樣一句話。

「不妙了……」

尖塔上方，稍微探頭以雙筒望遠鏡窺探底下的老大以苦澀的口氣這麼呢喃……

「這樣啊不妙了嗎？什麼地方不妙了？」

坐在螺旋階梯上的不可次郎做出反應。

由於尖塔最上層，沒有鐘的鐘樓部分——只有兩張榻榻米的空間裡人口密度實在太高，所以才坐在稍微往下一點的地方。

「『腦袋』吧？因為玩太多遊戲了。」

坐在不可次郎往下三階，身上黑衣在微暗中成為迷彩的克拉倫斯這麼回答。基本上這個女人就是沒禮貌到了極點。而這就是克拉倫斯這個人的生活方式。

「漸漸被除了我們以外的所有人包圍了。」

老大只回答事實。

在察覺內情的SHINC殘存成員，趴在塔上的羅莎、安娜以及冬馬都鬱悶地保持沉默當中……

「果然嗎？剩下的傢伙都為了打倒蓮而暫時停戰了吧。應該有人在鼓吹這樣的行動。」

正在回復HP當中的夏莉像是早知道會這樣般如此說道。順帶一提，她坐在最靠近最上層的階梯上。

「什麼『果然嗎』，夏莉太過分了。知道的話就早說啊！」

克拉倫斯雖然噘起嘴，但口氣聽起來很高興。這個女人只要有趣就可以了。

「只不過是浮現的幾個預測其中之一。而且，老大是隊長的話，我也不會多嘴。」

夏莉以平淡的口氣這麼回答。

老大在內心發出「唔」的沉吟聲。

夏莉在現實世界應該跟身為女高中生的我們不一樣，一定是一個成熟的社會人士。

雖然連在遊戲裡面都分上下級別也不是什麼壞事，但內心還是覺得「剛才那件事就算說出來也沒關係吧？」，當然老大沒有說出口。也實在說不出口。

相對地在內心向M道歉。說了一句「我選錯了」。

這時候夏莉……

「給我一點空間。」

對有點沮喪的老大這麼說並且爬上樓梯，來到SHINC的四個人緊緊趴在一起的最上層，只稍微露出頭部。然後……

「我有個點子可以度過這個困境，可以直接實行嗎？」

邊看著老大的臉邊這麼問。

雖然這算是給隊長面子，但不是以「可以請妳聽聽看嗎？」這樣的說法，正表示出時間有多麼緊迫……

「妳就做吧。」

老大沒有詢問內容就立刻這麼回答。

「好。」

對於立刻得到回覆感到滿意的夏莉……

「蓮！妳快點爬樓梯回來！」

透過通訊道具迅速向隊友做出指令。

「啥？要回去嗎？」

在夏莉下方47公尺處的蓮發出驚訝的聲音。

「沒錯。然後從不可次郎那裡接收第二武裝。難得有這個機會，我們要用『符合Pitohui隊伍』的戰術。」

「嗯？——噢，我知道了！」

蓮似乎也了解是怎麼回事了。

「呵呵呵。原來如此原來如此。這樣啊。那麼老衲也要移動衰老的身體了。嘿咻嘿咻。」

看來不可次郎老爺爺也理解了。

「唔？」

老大則是仍搞不懂狀況。

「不愧是夏莉！好棒的作戰！」

克拉倫斯則是裝出理解的模樣。

正當蓮全力跑上螺旋階梯的時候——

「謝謝妳的說服與安排。」

「不客氣。也謝謝你的引導。」

「不客氣。」

在距離尖塔大約300公尺左右的地方，碧碧與大衛再次會合了。

兩人在維持著5公尺的距離下，交換著視線與對話。

當然ZEMAL與MMTM的隊友也在附近，分別負責警戒周圍的任務。雖然認為已經沒有任何敵對的玩家存在，還是絕對不能有絲毫大意。

「那麼稍等一下。我去支援願意聽我提議的二十個人。」

碧碧的發言讓大衛感到驚訝。

「支援——打算要用機關槍進行遠距離射擊來持續攻擊最上層，讓她們不敢露臉對吧。」

「正確答案。確實有一套。」

碧碧誇獎了對方。

這樣的話，二十個男人確實就可以毫無顧忌地衝進塔裡了。

「老實說，我覺得有點意外。我以為妳會把包含支援在內全都交給那群人自己處理。」

大衛老實地表達驚訝之意後，碧碧便……

「那樣不行喔。」

說出更讓人驚訝的發言。

「因為——存活下來的人會增加啊。」

一開始被迫分散各處而處於孤立狀態，籠罩在濃霧之中，被看不見的敵人威脅時開始戰鬥，從突然崩塌的大地上逃走，在迷宮受盡苦楚，又差點捲入崩塌當中，好不容易才存活到SJ5的最終舞台——

卻完全無法期待作為小隊戰力的男人們。像是「殘黨」、「殘兵」或者「殘渣」等過分的名詞才比較適合他們。

這樣的一群人，最後為了贏得獎金而聚集起來，全部剛好湊滿了二十個人。

自他公認是「烏合之眾」的男人們，藉由街壘靠近蓮所在的尖塔。

1億點數就沉睡在那裡面。

但是正常想起來，能夠獲得獎金的就僅有一個人——即使非常幸運被判定為同時殺害，也只有兩到三個人吧。

當然這二十個人不會有什麼「小隊戰略」，彼此間的通訊道具也沒有連線，所以也沒辦法合作。

要說他們能做什麼，就只有靠數量拿著武器闖入而已吧。

即使打倒蓮她們，在那場戰鬥裡存活下來——

也能夠預知一定會被仍保有小隊戰力的ZEMAL以及MMTM痛扁一頓。

即使如此，還是只能進攻那座塔。

飄盪著悲壯感的男人們一點一點朝著尖塔靠近。

距離大約剩下100公尺左右。

看著男人們逐漸靠近的酒場裡……

「那麼，究竟會如何呢？大家的預測是？」

「我也想聽。猜對的人我請喝一杯他喜歡的飲料。」

「真慷慨。不過，如果很多人都猜對呢？」

「那當然——」

「當然請所有人嗎？」

「這種情況，所有人輪流喝一杯才是正常的發展吧？」

「小氣鬼！」

「哪裡正常了！」

在這樣的對話作為開幕之下，不負責任的預測大會開始了。

「那麼就從提議者開始吧。」

「那我就說嘍。我認為攻擊的隊伍會成功。」

「哦，為什麼？」

「那群傢伙——小隊名暫定為『守財奴』好了。」

「別說得好像『Commando』一樣。」（註：日文守財奴發音與Commando有點類似）

「很奇怪嗎？」

「也不會，我早就在等你這麼說了。」

「你們快點繼續說下去。」

「就算在高處的那一方有地利，但是在那座沒有窗戶的塔裡，能夠往下射擊的地方就只有最上層的鐘樓。」

「嗯。所以從那邊往下射擊就真的是無敵了吧？現在看起來有三名狙擊手、一名機槍手，甚至還有一名使用槍榴彈發射器的傢伙。實力一點都不弱。應該說非常之強吧。」

「是沒錯，要以銳角瞄準附近的下方射擊，就必須整個人從石牆上探出身體才行吧？若是從遠處一直集中射擊鐘樓，要探出身子就太危險了。只要有確實的支援射擊，我想應該可以靠近。」

「哦哦，原來如此。人數眾多這時候就很有用了。」

「當然塔裡那些傢伙也不想在這時候死亡，所以會拚命反抗，但因為人數比較少，只要減少一個人戰力就會大大減低。結果又害怕這一點而不敢隨便露臉。我才會覺得如此一來，最後只會慢慢變弱吧。能夠進入塔裡的話，果然還是人數多的一方有利。因此我認為『守財奴』會獲勝。」

「原來如此，謝謝你具說服力的意見。有沒有其他的預測？」

「我也認為是這樣。」

「我也是。」

「同右。」

「跟我想的一樣。」

「我從昨天就一直想這麼說了。」

「你們就那麼想共喝一杯飲料嗎？」

酒場籠罩在一片和氣融融的笑聲之後……

「真是不知所云！你們在至今為止的ＳＪ裡到底都看了些什麼！」

出現一名高聲提出異議的男性。

當然周圍的人全都因此而狠狠瞪著他。

「哦，那你的預測呢？」

當然被如此詢問……

「馬上就能看見了。挖乾淨眼睛仔細看著吧。」

「等等，挖乾淨的是耳朵吧。眼睛哪能挖啊。」

「嘴裡雖然這麼說，我看你是打算成功之後才表示『怎麼樣，正如我的預測』對吧？」

「你是想讓我說『被發現了嗎！』吧，但是你錯了。那我要說出預測嘍。靠近的小隊什麼都辦不到就會全滅。至於為什麼嘛——」

「那麼就開始吧。」

碧碧的發言讓久違的戰鬥揭開序幕。

時間是十四點四十三分。

「好的，沒問題。」

休伊開始射擊。那是把機關槍確實固定在三腳架後進行的攻擊。

地點是南側距離尖塔大約４００公尺的位置。

設置在堅固三腳架上的機槍，連續射擊的大部分後座力獲得緩衝，讓集彈性能一口氣提升。同時也提高了遠距離射擊能力。他們在ＳＪ４也使用了這個三腳架，將它的威力發揮得淋漓盡致。

休伊將設置在低位的機槍槍口稍微往上，不停對４００公尺前方的尖塔最上層空間重複著數發的連續射擊。

發射出去的子彈真的是從幾乎快擊中槍口數公尺前方的街壘上方通過。

由於身體趴得相當低，就算有人從尖塔射擊，也是幾乎無法擊中目標的角度。

雖然不是全部，但劃出緩拋物線從空中飛過的子彈群幾乎是接二連三地命中尖塔的最上層。在該處削下構成尖塔的石頭，持續揚起小小的土塵。

除了土塵之外也能看見橘色光芒。

曳光彈以４發中混雜１發的比例變成鮮豔的橘色線往前刺去，擊中物體後就以隨機的角度反彈。

如此一來，從塔的最上層探出身子就太過危險了。只要是正常的玩家，就不會在這種狀態下反擊吧。就算不探出身子，跳彈也是相當危險才對。

因此現在就是攻略的機會。

「好！要上了！」

二十名男性從距離100公尺左右的街壘後方開始展開突擊。

再來就只要全力奔馳，從那座塔的入口進到裡面——

之後就隨機應變。運氣好的話就能打倒粉紅小不點吧。

「祝各位武運昌隆！」

在失去武器的男人目送之下，沙漠迷彩男也拿著M16A往前奔跑。

所有人都精神抖擻地為了獎金展開突擊，在周圍突然沒有任何人，再也沒有人看著他的瞬間……

「好了。」

男人就揮動左手開始操作倉庫欄。

眼前出現巨大的背包，接著像是黏在身上一樣，出現了宛如錫製機器人玩具般的護具。

前ＤＯＯＭ，目前叫做ＢＯＫＲ小隊的最後一名成員，再次將自己的「傢伙」實體化了。

「要來嘍。受到猛烈的攻擊。沒辦法探頭了。」

避難到螺旋階梯的老大對伙伴們這麼報告。

到剛才都擠滿人的尖塔最上層空間，現在已經沒有任何人留在那裡。只有蘇菲的屍體像是要擋住螺旋階梯的出口般放在那邊。

如果留下來的話，就算是趴著，應該也會被從柱子或天花板反彈過來的跳彈射穿吧。

「機關槍狂人從遠距離的支援射擊——ＳＪ４從鐵路機車上下來時也中了這一招。那真的很棘手。」

夏莉這麼回答。開始覺得她平淡的說話語氣有點像Ｍ了。

她也待在螺旋階梯——應該說存活下來的所有人都在螺旋階梯。各自待在自己的地方。

「真的變得跟夏莉所說的一樣了！有一套喔！」

聽見克拉倫斯的褒獎……

「人類的戰鬥方式沒有那麼容易改變。那就像是必殺技一樣。認真想獲得優勝的話，就好好地重看過去ＳＪ的影像。重新喚起記憶。」

夏莉則是冷酷地這麼回答。

緊接著……

「我們的戰鬥方式也一樣。所有人都準備好了嗎？好好教教那些忘記的傢伙吧。」

在飛越頭上，確實擊中目標且毫不中斷的彈雨之中……

「太厲害了！」

「真的幫了大忙……多虧了ZEMAL。」

「我……這場戰鬥結束後……要跟碧碧告白……」

「感覺在那之前就會變成蜂窩了。」

「我……變成蜂窩的話……就要跟碧碧告白……」

「這樣啊加油吧。」

朝著尖塔迫近的十九個男人就這樣說著垃圾話並且開始興奮起來。

即使靠近到剩下70公尺，尖塔裡的人還是沒有做出任何攻擊。

當然已經確認過沒有人從塔裡逃走了。

因為塔唯一就只有一個看得見的出口，周圍也沒有街壘所以根本無處可以藏身。唯一看不見的尖塔後方應該是3000公尺的懸崖。

「沒問題！我要闖進去獲得1億點數！」

「不，是我！」

「別作夢了！」

開始賽跑了。越快衝入尖塔，幹掉蓮的機會就越大。

當然搶先闖入者被擊中的可能性也比較高，但這時候已經沒有空管這種事了。就算用手榴彈自爆，只要能幸運地把蓮捲進來，就能獲得1億點數。

「今天就是我的死番！」

一名腳程快的玩家一邊這麼叫一邊搶在前頭朝著尖塔跑去，看來他絕對是一個幕末迷。所謂的「死番」是新撰組裡負責率先走在城中小徑，在追捕犯人時搶先闖入房屋裡的隊員。當然這也是最可能被砍殺的位置。聽說是每天由隊員輪流負起此一任務。

這樣的他，把「MP5SD6」消音衝鋒槍架在腰間，把跟尖塔之間的距離縮短到剩下50公尺。

看來他絕對是第一個衝進塔裡的人了。

才剛浮現「他今年福星高照嗎？」的想法。

「夠了。那麼，動手吧。」

夏莉這麼說道……

「那就從我開始。」

蓮開口回答。

笑著跑在前頭的人突然從頭部閃爍著大量中彈特效，下一個瞬間就往前撲倒，馬上就亮起「Dead」標籤──

「啊啊？」

酒場內的觀眾們……

「被從後面擊中了嗎？」

「要阻止搶第一嗎？」

首先想像是醜陋的內鬨。

「啊啊？」

跑在後面的男人們可以知道伙伴沒有任何人開火，最重要的是中彈特效是從頭部前方出現，所以馬上就注意到是被來自尖塔的攻擊打中。

但是……

「從哪裡來的？」

從目標的入口處沒有看見彈道預測線與砲口火焰。看見的話就會躲開了。

這樣的他在不清楚敵人位置的情況下……

「咕嘎！」

下一個瞬間頭部同樣被擊中，也因此而失去生命。

「射擊射擊射擊！」

老大的命令下，除了夏莉與不可次郎外的所有人都開始射擊。

「小Ｐ！要毫無保留地上嘍！」

蓮這麼表示。

「了解！交給我吧小蓮！能夠盡情狂吼的時刻終於到了！雖然已經受到抑制！嗯，不過這也沒辦法啦！」

加裝了消音器的Ｐ９０以少年般的聲音回答了她。

「唔喔喔喔喔！」

羅莎以愛用的ＰＫＭ機關槍瘋狂射擊。

「這是蘇菲的份！」

安娜以及……

「這是塔妮亞的份！」

冬馬等狙擊手也以半自動的德拉古諾夫狙擊槍發動攻擊。

「這是夏莉的份啊啊啊啊！」

克拉倫斯則是……

「我還沒死！」

邊以ＡＲ—５７開火邊被夏莉透過通訊道具吐嘈。

她們面對逼近的敵人瘋狂地開火。

「隊長，塔裡開槍了！」

ＭＭＴＭ裡面，待在距離尖塔最近的地點——大約位於１５０公尺外的位置進行監視的賽門如此報告。

他以單筒望遠鏡代替愛槍ＳＣＡＲ—Ｌ，從街壘上方露出頭來觀察。因為他是小隊裡最高的成員，才能夠辦到這一點。

他逐步報告看見的情況。

「闖入的小隊不斷被擊中。完全變成槍靶。躲在街壘後面的傢伙也被機槍趕出來，然後被狙擊手幹掉了。」

「了解，這樣就夠了。有什麼大動作就告訴我。」

大衛在距離賽門相當遠的地方這麼說道……

「因為——存活下來的人會增加啊。」

接著就想起碧碧剛才曾經說過的話。

不提供幫助，讓他們撥出人力進行支援射擊的話「存活下來的人會增加」。

也就是說，ZEMAL接下支援射擊的工作，讓二十個人全部闖入尖塔，那群傢伙就會確實地快速死亡。

原來如此……就連我都給忘了……我原本也是被幹掉的人！

大衛在心中稍微呢喃了這麼一首短歌。

他被迫想了起來。

LPFM小隊至今為止已經兩次從光劍開的孔進行過槍擊作戰這件事。

「那就說說我的預測吧。靠近的小隊將會全滅。至於為什麼嘛——」

剛剛幾分鐘前，酒場裡的男人這麼說過。

「因為她們會在塔裡面用光劍開孔，然後從該處只伸出槍口，在安全狀態下不斷開槍。那些傢伙至今為止做過好幾次這樣的事情了吧？」

那個男人很滿足般看著畫面。

其他男人則啞然看著畫面。

畫面上播放著可憐的鏖殺——單方面屠殺。

試圖闖入尖塔而靠近的男人們，受到從尖塔側面的各處——高3公尺到15公尺之間的槍擊。敵人從該處的小洞裡開槍，我方不斷被擊倒。

「原來如此……還有這種方法嗎……」

「喂，讓我請你喝一杯吧？你想喝什麼？」

構成尖塔的石頭擁有普通突擊步槍無法射穿的尺寸與厚度。但是再怎麼厚的石頭，都可以用科幻武器光劍輕鬆地開出洞來。就是如此輕而易舉。

蓮的第二武裝是兩把光劍。

從不可次郎那裡接過光劍的蓮，在螺旋階梯除了北側的各個地方開了許多的孔洞。

村正F9採用以劍柄的旋鈕來改變光刃長度的系統。

事先調查入口處的石頭厚度，再來就只要插入同等長度的劍刃，敵人那邊幾乎看不出我方「用光劍來開孔」。

就這樣緊急開出了許多射擊用的孔洞。也就是「槍眼」。

蓮等人就從那邊伸出槍身，接著又從上面開出的其他小孔洞來目視彈道預測線並且射擊。

雖然是相當不自然的姿勢，但也不至於無法開槍，尤其是槍械較短的蓮更是輕鬆。

在堅固的遮蔽物上開孔，在它的保護下開槍。

這是SJ2從圓木屋，SJ3從調車場的貨車裡頭實行的機關或者是技巧，又或者可以說是戰術。

漂亮地預測到結果的男人，帥氣地側眼看著說好要請客的男人表示：

「給我來杯熱牛奶。」

「可惡！這樣哪可能贏啊！」

又有一個人一邊咒罵一邊歸西了。或者可以說到同伴的身邊去了。

極度想獲得1億點數的他，急忙躲到後面的街壘被PKM機槍的連射輕鬆打壞，慌慌張張地衝出去後就遭到德拉古諾夫狙擊槍的襲擊。

跟尖塔之間距離是70公尺左右。這是沒有射中還比較奇怪的距離。

當然可以看見來自尖塔的彈道預測線，但這是即使看見了也沒辦法處理的情況。

當然不願意只是默默被擊殺，也有果敢反擊的男人。

察覺是被從尖塔的孔洞射擊，便燃起那就射穿孔洞的氣概……

「我不會認輸！哪能敗在妳們手上！」

他叫著似曾相識的台詞，以全自動模式對著閃閃發光的砲口火焰反擊，當彈匣馬上就清空時……

「噗呸！」

蓮的P90無情的連射，射穿了他的頭與身體。只能說聲辛苦了。

克拉倫斯手中跟P90使用同樣子彈與彈匣的AR—57也完全發揮出實力。也就是50發的全自動連射。

即使是小型且威力弱的子彈，擊中數發後街壘還是會消失。

「糟糕！」

這時超過40發以上的子彈，在可以說是過度殺傷的狀態下朝趴在地上整個失去防護的男人襲來。

男人在全身遭到貫穿的情況下……

「啊啊……好想要一百萬……好想送媽媽溫泉旅行當禮——」

令人同情的遺言就這樣融解在Gun Gale的空中。

在眾人被擊中期間，也有只差一點就要進入尖塔的玩家。

正是那名身穿沙漠迷彩，手拿M16A4的男人。

他相當地冷靜。

射擊一開始就立刻趴下，之後就凝視著來自尖塔的彈道預測線，每當有人被擊中就馬上趁隙跑到下一個街壘。然後就在一發都沒被擊中的情況下靠近，終於只剩下20公尺。

縮起身子躲藏的是最後的街壘。之後到入口之間就只剩下平坦的地板。

他用手邊的鏡子，悄悄從街壘旁邊窺探著尖塔。

塔妮亞的屍體正趴在入口旁邊。然後尖塔高高地聳立著，其後方是一大片空曠的天空。

男人的腰部掛著彈匣包，這時他開始確認彈匣包旁邊口袋裡的手榴彈。那是被稱為「M67」的普通碎片型手榴彈。

不是能讓藍色奔流破壞附近所有物體，但是價格要高出好幾倍的電漿手榴彈。

「早知道就不要省錢直接買下來了……」

雖然這麼呢喃，但已經來不及了。

如果是電漿手榴彈，而且擁有好幾個的話，接近到這種程度的他，或許有機會能藉由投擲手榴彈來炸倒尖塔。

或者是雖然只是暫時，但成為小隊伙伴的二十名成員好好商量，再次確認擁有的火力並且訂定作戰計畫，比方說選出擁有電漿手榴彈的成員，先在一群人後方待機，由我方的幾個人殺出一條血路——

算了，不要再為辦不到的事情感到懊悔了。

反正就算那麼做而順利幹掉粉紅小不點，到時候也會為了如何分配那1億點數而不斷爭執吧。大家握手言和平分？不可能不可能，絕對不可能。

就拿他來說好了，如果要為了500萬點數，也就是五萬日幣合作的話，那他寧願以獨自獲得一百萬日幣為目標。

這麼一想，就發現一百萬日幣的獎金設定相當巧妙。

那是足以讓人深信懸賞人應該能拿得出來、能夠付得起的金額，而且還充滿讓人魯莽行事的魔力。

「錢太恐怖了。」

他就這樣呢喃著一句極為理所當然的結論。

然後，即使在這樣的情況下……

「反……反正還活著，就盡量試試看吧……」

他揹著槍械，拿起一顆手榴彈，接著退到街壘的後方。

男人是打算投進入口讓它爆炸之後再衝進塔內。20公尺間的距離沒有被擊中的話就算是謝天謝地了。

拔出安全栓，用力揮動手臂。

「去吧！」

投出去的手榴彈因為目測有誤而距離稍微有點不足。

掉落在2公尺前方，碰到在那裡的塔妮亞屍體後停了下來。

手榴彈雖然爆炸了，但是變成不可破壞物體的塔妮亞屍體卻是紋風不動，簡直就像是生了根的石頭一樣抵銷了衝擊。

沒有塔妮亞的屍體的話，或許就會滾進入口。但是現在那樣，就連碎片都不會飛進去吧。

塔妮亞就算死了也還是在保護著尖塔。

「啊——真是的！」

無法順利成功的男人，其躲避的街壘被羅莎更換位置後取得射界的機槍子彈襲擊，結果馬上就消失了。

「唉……」

冬馬發射出去的子彈，貫穿了他因為無奈而聳著肩膀的頭部。

說起來這也是理所當然──

「快逃啊！」

一群人裡面也有立刻放棄獎金開始逃走的成員。

看見待在前面的男人們不斷被打倒的模樣，到剛才為止跑在最後面的幾個人，也就是腳程慢的男人們就很快地轉過身子。

他們是腳程要是快一點早就喪命的男人們。所以偶爾也會有因為牛步而得救的情形。

這些成員當中的某個人……

「被騙了！那個叫碧碧的女人，打從一開始就知道對方會從高塔的孔洞射擊了。這怎麼可能贏！我要逃了！」

他對旁邊朝著同樣方向奔跑，算不上是隊友的男人就這麼說道。

「但是你逃走之後又如何呢？」

剛剛才初次見面，這時候已經一起逃走的男人如此詢問……

「暫時先躲起來！然後等ＺＥＭＡＬ來攻略尖塔時，從後面偷襲他們！」

「原來如此！我加入！我們兩個搭檔吧！」

「嗯！我們的戰鬥接下來才要開始！」

別作夢了。

子彈就像是這麼說一樣朝他們襲去。

射擊的是剛才讓他們通過旁邊，戴著咬小刀骷髏臂章的親切大哥們。也就是MMTM。當男人們通過他們埋伏的街壘旁邊後，再從背後開槍射擊。

男人們根本沒有反擊的時間，背部與後腦杓就被擊中，隨即一邊往前撲倒一邊失去生命。

之後過來的男人們，以及逃向其他方位的男人也都步上同樣的命運。

最後塔的周圍變成一片寂靜。

雖然能聽見遠方傳來機槍連射的聲音，但變得比剛才安靜許多的世界裡……

「多少人消失了？從賽門開始報告。」

大衛一邊交換STM—556的彈匣一邊詢問伙伴。

在尖塔附近進行觀測的賽門……

「我看到十二個。」

確認了「Dead」標籤的數量，警戒著周圍的健太與波魯特……

「兩個人倒下了。」

「我這邊三個。」

則是做出這樣的報告。

因為大衛幹掉了兩個人……

「確認到十九個人了嗎？大概就這樣吧。」

他認為幹掉所有人了。

所以就切換頻道，向碧碧報告這樣的內容。

「可以了。結束支援射擊。」

碧碧淡淡地如此命令。

「好的，遵命！」

休伊停止射擊，世界再次回歸平靜。他的機槍旁邊躺著兩根交換的槍身。

到目前為止了解一切而做出命令的碧碧……

「大家聽我說，ＳＪ５最後的戰鬥馬上就要開始了。這是要為Sinohara與TomTom報仇的戰鬥。」

對著三名伙伴這麼搭話。

「我對大家的命令只有兩個。首先是打倒敵人幫死於非命的盟友報仇。然後再完成這個目標前盡情地、毫不猶豫地用大家最喜歡的機關槍開槍射擊吧。辦得到吧？」

從戰場的三個地方傳出渾厚的吼叫聲。

吼叫的聲音足以撼動大地。

如果通訊道具沒有自動幫忙調節音量的話，碧碧的鼓膜甚至會有危險。

「很好。那就開始準備將我們的靈魂具現化的傢伙吧？」

十四點四十五分過後。

「看來是撐過去了。」

在變得十分安靜的世界裡，尖塔當中的夏莉這麼說道。

順帶一提，她沒有用愛槍射擊，目前是在尖塔所開孔洞當中第二高的地方，也就是大約40公尺高的位置。

老大則是在她的5公尺上方。

兩人從該處以雙筒望遠鏡監視敵人的動靜，並且對自己的伙伴做出指示。

由於蓮她們只能從小小的孔洞看到周圍，有伙伴能夠迅速發現並且做出指示真的幫了很大的忙。

「夏莉，相當漂亮的作戰。」

老大這麼說道……

「所以──」

「哎呀，我站在陣前指揮就只到這裡了。我不適合當什麼隊長。」

老大在把話說完之前，想說的事情就遭到了否定。

「唔……」

跟夏莉一樣，一發子彈都沒發射的不可次郎……

「喂喂，隊長是老大喲。妳可是繼承了M的遺志。」

對老大做出這樣的發言。

順帶一提，不可次郎也沒有從尖塔開槍。是隊友要她別開槍。

理由有兩個。

第一個是要伸出直徑將近6公分的槍榴彈發射器砲口需要相當大的孔洞，這樣牆壁的外觀很容易就會被識破了。

另一個是……

「咦，讓我發射一下嘛。我有12發電漿榴彈啊！」

要是倒楣一點子彈從那個洞裡飛進來，造成電漿榴彈連續誘爆的話，塔就會從該處開始崩壞。

不過現在先不說這個了……

「不可……」

被認定為隊長的老大，感動地這麼呢喃著。由於操縱者是社長，所以能被認定為領袖是相當高興的一件事。

新體操社在眾人團結一心之前也發生過許多事情。然後沒有新進社員的現在也有許多事情。

「所以對我下達『到外面去大鬧一番』的命令吧！」

「這我沒辦法。在對上兩支強敵隊伍前必須要保留火力。」

「要是我在活躍前就被幹掉怎麼辦！我想為大家提供助力啊！」

「不可……」

為伙伴著想的她，讓蓮感到有些溫暖，但是……

「至少在我死前，讓我把蓮幹掉吧！」

「等一下！」

看來蓮是白感動了。

至於蓮本人，則是為了將對手連同街壘一起摧毀而以全自動模式瘋狂開火，接著又迅速更換彈匣，盡情地讓P90發揮出它的實力。

剩餘的子彈還有80%，也就是仍有1000發。這是因為完成最後一擊獲得回復彈藥的緣故。老實說這真的幫了大忙。

「夏莉！我想交換武器！」

在相當下面的克拉倫斯這麼大叫……

「好喔，真拿妳沒辦法。我自己過去好了。」

所有人都聽見夏莉心不甘情不願表示同意的聲音。

「太棒了！夏莉我愛妳！」

克拉倫斯剛才交換過第二武裝了，但在夏莉的命令下換回AR—57。理由當然是因為「第二武裝」不適合從尖塔發動的迎擊戰。

「等一下。」

老大歪起頭來。

「如果要直接在這裡迎擊ZEMAL與MMTM的話，還是不要換比較好吧？」

蓮心裡也想著「的確是這樣」，但同時有個恐怖的預測閃過她的腦袋。

「夏莉，難道……」

「嗯，怎麼了蓮。妳說說看？」

「妳覺得撐不下去了……？」

面對心想「希望不要猜中」的蓮……

「沒錯。虧妳猜得出來耶。」

夏莉隨口就這麼回答。

「嗚咿。原因是？」

「之後ZEMAL和MMTM會攻過來這裡吧？他們不是能用同樣方法解決的對手。而且雖然不清楚他們的第二武裝是什麼，不過大概準備了強力的武器吧。沒辦法從這裡逃出去的我們，也無法做出什麼反擊，大概整座塔會被轟倒然後我們也一起死亡吧。」

「喂！」

蓮原本想說「別觸霉頭！」……

「或許吧……」

結果還是無法反駁。

「那就由我們開出血路！蓮妳們再趁隙脫逃！接著利用高速繞到敵人後面夾擊！」

老大雖然吐露充滿義氣的發言……

「戰場太狹窄了應該沒辦法。我也曾思考過逃到完全相反方向來拉開距離。如果能辦得到的話，也就不會被關在這裡了。」

立刻就被夏莉提出反駁。

「唔……」

老大發出沉吟，蓮也因為對方說的一點都沒錯而無從反駁，只能保持沉默。雖然暫時撐過難關，但危機仍未解除。

「哎呀，參加ＳＪ５到現在也算很享受整個過程了。既然都要死了，接下來就讓大家各自做自己喜歡的事情如何？」

面對夏莉自暴自棄的提案……

「好哦！夏莉！跟我搭檔，在陣亡前大鬧一番吧！」

克拉倫斯立刻表示同意。

夏莉完成幹掉Pitohui的心願，現在當然可以這麼說啦……

蓮在腦袋裡這麼呢喃，同時思考著為了犧牲的Pito小姐與M先生，也就是為了獲得小隊的優勝，有沒有什麼是在這種狀況下我方還能存活下來並且贏得優勝的方法。因為沒時間了，所以腦袋轉動得相當快。

即使躲在塔裡，恐怕也無法度過難關。

話雖如此，從這裡衝出去，正面迎戰敵人也——

亦即進行一般的街壘戰，蓮發揮高速到處移動來攻擊也……在人數及火力上也沒有任何勝過ＺＥＭＡＬ與ＭＭＴＭ聯軍的要素。

這麼一來——

沒轍了。

想不出點子了。

「走投無路了嗎……」

蓮說出示弱的發言……

「蓮啊，現在放棄還太早了喲。老衲有個好點子。」

不可次郎似乎還有話要說。

雖然她的點子大多沒什麼用，但蓮還是覺得今天這個時候可以稍微期待一下吧。你看，說不定會像剛才那樣，提出不受ＧＧＯ的既定觀念限制的解決方法呢。

「妳的意思是？」

「夏莉有又長又堅韌的繩子。」

「這我知道。」

「用它把蓮整個捆住。」

「啥？然後呢？」

「在紙上寫『1億點數在此』然後貼在蓮身上，再用老大的怪力把蓮滾到入口。蓮就以高速滾過去。因為會碰到街壘所以無法看出軌道。簡直就像人肉彈珠台。敵人的注意力都會被吸引過去。我們再趁隙——」

「一定得聽完才行嗎？」

蓮心裡想著「果然是靠不住嗎」。

剛這麼想的瞬間，就有靈機閃過。

如果沒聽不可次郎講這些蠢話——

腦袋裡面就不會閃過這樣的靈感了吧。

「夏莉！拿出繩子！現在立刻全部拿出來！」

「哦，採用嗎？果然只有天才才能有這樣的靈感。」

「錯了！大錯特錯！不過還是謝啦！」

「那麼，開始進行最後的收尾吧？」

包含碧碧在內的ＺＥＭＡＬ一行人出現在大衛的附近。

之所以沒有說「最後的戰鬥」，是因為明顯打算要跟ＭＭＴＭ一戰。當然也可能是碧碧明確的意志表明。

小隊是在尖塔往南３００公尺左右的街壘後方會合。大衛附近只有負責護衛的波魯特。

ＭＭＴＭ的其他成員則是在橫向的遠處監視著尖塔。為了街壘被擊中並且消失後能夠迅速移動，所有人都沒有趴下而且保持著警戒。

「走吧——話說回來，還沒聽到關於你們『必殺技』的事情。」

大衛一邊把波魯特叫過來一邊對碧碧這麼問道。

然後像是要表示「自己表明才有禮貌」一樣，開始跟波魯特進行第二武裝的交換。

ＡＲＸ１６０從波魯特的手中消失，取而代之出現的巨大武器是擁有1公尺左右又細又長的筒狀前端上貼了一個圓錐形物體的武器。

「我們準備了這個。」

從波魯特那裡接過武器的大衛，把它放在肩膀上這麼說道。

「『ＲＰＧ—７』反坦克火箭嗎？這很貴吧？」

碧碧隨口就說出了正確名稱。

ＧＧＯ裡最強武器之一的ＲＰＧ—７，最值得大書特書的就是火箭推進榴彈飛行的射程與其強大的破壞力。

除了為了射穿裝甲車輛厚厚金屬裝甲而設計的反坦克榴彈之外，還有朝周圍噴灑出爆風與碎片的普通榴彈等數種不同的彈頭，可以依用途來分別射出。

當然因為威力相當強大，它也是價格十分昂貴的道具。

財政問題受到關心後……

「因為很想贏得一次優勝。」

大衛露出冷酷的微笑這麼回答。

在上個月的遊戲測試中確認GGO內確實存在這種武器，而在SJ4時也出現所有小隊成員都裝備RPG—7並且因為彈藥回復而毫無顧忌地發射榴彈的情形，不過其價格倒是真的會讓人笑不出來。

作為發射器的本體就不用說了，連火箭推進榴彈都相當昂貴。甚至1發榴彈就足以購買一把較便宜的衝鋒槍或手槍。說起來就像是在發射武器一樣。

MMTM到底發生了什麼事，他們又是如何籌措資金的呢，碧碧刻意不去問這些事情。相對地……

「真不希望與你們為敵。那我們也讓你們看看吧。」

碧碧回頭看向站在後方的三名機關槍瘋——應該是打從心底愛著機關槍的男人們……

「各位，召喚『Big Mama』吧。」

存活下來的ZEMAL成員互相交換武裝，除了碧碧之外的三個人將其實體化。

然後出現在眼前的大致上可以分成四個部分。

巨大槍械的槍機部位。數十公分的金屬塊後端附加了兩個直向握把。這就是休伊的第二武裝。

巨大槍械的槍身。中段附加了握把，看起來又粗又堅硬，似乎可以用它來揍死人般的金屬管。而且還十根整個綁在一起。這是彼得的第二武裝。

巨大的三腳架。設計成低矮的腳架看起來就連大象的腳踩上去也不會被壓扁。以及數個像米櫃般的巨大金屬製彈藥箱。三腳架與彈藥箱是麥克斯的第二武裝。

「……這傢伙是……」

大衛已經知道可以組合成什麼了。在知道答案的情況下，凝視著組合作業。

麥克斯俐落地攤開三腳架，休伊則把槍機部設置到腳架上。

最後彼得把槍身插進槍機部，接著從槍口這邊用力推之後就完成了。

組合出來的是……

「沒想到是『M2重機槍』……」

或許是為了報答對方剛才的反應吧，大衛從嘴裡發出驚訝的聲音。他確實嚇了一跳。打從心底感到驚訝。

「而且是能輕鬆交換槍身的『M2HB—CQB』嗎！」

Ｍ２重機槍是由白朗寧公司製造，美軍從一九三三年這個久遠的年代就採用的機關槍。由於使用50口徑，或者是12.7口徑的巨大子彈，所以被稱為「重機槍」。

明明如此具有歷史，機能以及構造卻還是相當優秀，即使到現在全世界還是有許多地方加以採用的重機槍界最暢銷款式。包含日本在內的西方陣營，要是說到軍用車輛上搭載的重機槍一定就是它了。

大衛所說的Ｍ２ＨＢ—ＣＱＢ是被稱為Quick change barrel的改良版，目前正在切換成這個版本。

因為設計相當古老，所以相當費時費力的槍身交換名符其實變快的版本。進行改良的公司是比利時的「ＦＮ埃斯塔勒」。也就是產出蓮的Ｐ９０的公司。

碧碧從大彈藥箱裡拿出同樣巨大的彈鏈，同時……

「答對了。」

簡短地這麼回答。

碧碧手中的彈藥是12.7毫米口徑的機關槍用，也就是所謂的「.５０ＢＭＧ」。

子彈跟Pitohui在ＳＪ２使用過的「Ｍ１０７」反器材步槍一樣。或許應該反過來說，反器材步槍就是使用這種製作給Ｍ２用的巨大子彈，才能夠成為可以獨自舉槍射擊，而且具備高威力長射程的槍械。

子彈的威力非常強大，即使平常的突擊步槍無法貫穿的物體，都能毫不留情地射穿。有效射程相當長，能夠輕鬆達到1000公尺以上。只要視界良好，甚至可以接近2000公尺。只是要讓子彈飛的話則可以更遠。

而以M2重機關槍射擊的時候，靠著堅固且沉重的槍機部與槍身，甚至可以達到每秒10發的連射。

這把M2應該可以跟在SJ4裡也發揮威猛力量的7.62毫米口徑「M134．迷你砲機槍」並列為GGO裡最強的槍械之一吧。

當然它也有缺點，也就是包含三腳架在內都極度沉重，首先就不是能由一個人單獨搬運一整組的道具。

分解之後分別由幾個人來搬運，使用時才組合起來，移動時由幾個人將其抬起——在一般GGO的任務裡算是很難使用的槍械。

但是……

「太適合這個場合了！」

正如露出笑容的大衛所說的，它是最適合用來射擊躲藏在尖塔內敵人的道具了。

話雖如此……

「妳早就預測到會有這樣的發展了嗎？」

感到在意的大衛這麼問道。

他們這次會準備RPG—7，是因為SJ裡有許多能乘坐的車輛，所以希望能對其做出處置。看了SJ4的影像，發現有使用它的小隊，以及對於M所駕駛的柴油機車能發揮出攻擊力等等都成為了參考。

RPG—7的話沒有什麼重量，所以能夠直接拿著移動，對於小隊戰術也只會有最小限度的影響。

順帶一提，雖然可以選擇第二武裝，但是MMTM沒有準備其他槍械並加以使用的選項。對於習慣手邊愛槍的他們而言，那些就是最棒的武器。

那麼，ZEMAL以小隊來分擔M2的重量並且搬運的選項又是從何而來呢？當然很清楚「我們最喜歡機關槍！所以想拿最大的！」這樣的心情，但實在不認為智慧過人的碧碧會只因為這個原因就做出選擇。

碧碧以有些靦腆的表情回答了問題。

「這個嘛……哎呀，就是那個贊助者的——」

「正確來說是惡劣的狗屁作家！——他寫的小說嗎！」

「沒錯。因為我有許多時間，所以把能找到的都看了一遍。有一個故事是高中生主角一邊拿槍亂射一邊躲進高塔裡，做出給我找來能變成妹妹的十二名美少女，或者NHK綜合頻道給我開始重播喜歡的動畫與戲劇等等任性的要求，最後被自衛隊戰車的大砲擊中，隨著高塔一起到冥府去了。標題是『塔終於崩壞了～我的七小時戰爭～』。」

「是搞笑小說嗎？」

「非常地嚴肅。確實地描寫了主角做出如此凶行的理由、他隱藏的真面目等等，也有漂亮地回收伏線的結局，還頗為賺人熱淚呢。」

「嗯，先別談這件事了——原來如此，所以才會有這種選擇嗎？然後，既然由所有成員分別持有，那麼成員就不能出現任何犧牲者了。當然，妳對眾成員的愛更勝於槍械就是了。」

大衛慎重地選擇用詞遣字並且開口這麼表示。

確實地先表明他很清楚碧碧不是因為將會無法使用第二武裝才對Sinohara與TomTom的死感到悔恨。她是珍惜自己的伙伴。

「Sinohara是負責彈藥，跟他搭檔的TomTom是負責預備的槍身，所以算是不幸中的大幸，還是能夠組合成功。」

碧碧以感到遺憾的口氣這麼說道。

雖然六個人當中喪命的兩個人剛好是搬運對方武裝的搭檔一事純粹是偶然，但還是可以從這裡窺看到她不想因此而喜悅的信條。

「原來如此……那麼，去打倒一個小時前仍是伙伴的那些傢伙吧。」

「走吧。」

「M2重機關槍！真的假的！還有那種東西啊！」

面對為了即將開始的SJ5最後戰鬥所拿出的重武裝——酒場內的男人們都難掩興奮之情。

因為他們都是槍械迷。因為他們怎麼說都是槍械迷。

「曾經看過敵方機械人安裝在手臂上。沒想到竟然會實際上線。」

「聽說幾天前陳列在黑市裡，結果馬上就賣掉了。好像賣了天價……」

「據說ZEMAL靠上屆優勝賺了不少錢……把優勝獲得的道具全部賣掉的話，應該可以換到不錯的金額吧？」

「就算是這樣，那也不是能隨便出手購買的東西喔。」

「那個叫碧碧的女的，好像經常能在格洛肯看到她的身影。怎麼說都是一個美女，所以相當顯眼。」

「應該花了很多時間潛行吧。大概賺了很多錢吧。或者是可以盡情使用現實世界的金錢……」

「她到底是什麼人——」

畫面當中，ZEMAL的三名男性連同三腳架一起抬起M2，在MMTM的傑克、波魯特支援之下開始朝尖塔前進。

大衛拿著RPG—7，健太在他身後警戒著後方。賽門則繼續監視尖塔。雖然是通訊道具沒有連線的不同小隊，但任務分擔相當完美。隊長優秀的話就會有這樣的結果。

「要以RPG—7與M2攻塔嗎……應該說……」

「是打算把塔裡面的人連塔一起粉碎掉吧。」

「太狠了……」

「不過這是最棒的方法吧？」

「那麼，之後該怎麼辦？」

被在螺旋階梯下方拿出繩子的夏莉這麼問道：

「這麼辦！」

蓮第三次跟不可次郎交換的第二武裝．光劍在微暗當中發出光芒。

SECT.14

第十四章　Ghost／Squad Jam之幻影

十四點五十三分。

ＳＪ５仍存活的成員總共是十八人。

也就是說——

ＬＰＦＭ小隊的話是蓮、不可、克拉倫斯、夏莉等四個人。

ＳＨＩＮＣ是老大、安娜、冬馬、羅莎等四個人。

ＺＥＭＡＬ是碧碧、休伊、彼得、麥克斯等四個人。

剩下最多人的是ＭＭＴＭ，總共是大衛、傑克、健太、波魯特和賽門等五個人。

最後是——ＢＯＫＲ的一個人。現在不知身處何方。

「開始吧。」

碧碧慵懶的一句話……

「好的，遵命！」

休伊就開始Ｍ２重機關槍的全力射擊。

從組合地點搬運並且完成設置的是在距離尖塔大約200公尺的位置。以M2來說，這已經可以說是過於接近的距離。

他在以三腳架支撐的巨大槍械後方，把雙腳往前伸後坐在地上。以雙手握住直向握把，大拇指按壓本壘板狀扳機。

滋咚咚咚咚咚咚咚咚咚咚。

戰場上出現地鳴現象。

如果是這種尺寸的子彈，一發的射擊都會讓周圍的空氣產生劇烈晃動。從槍口噴發的火藥氣體，其壓力非常強大。待在附近的人不只是耳朵，連腦袋都會因為空氣振動而感到疼痛。

而且還是一秒鐘10發的連射，所以簡直就像是爆炸。

至於它射擊起來的手感……

「呀哈啊啊啊啊啊啊啊！」

休伊開心的笑容大概就說明了一切了。

從街壘旁邊伸出巨大槍身，朝著尖塔全力攻擊。預備的子彈與槍身都放在旁邊，不停重複著一秒鐘10發的全自動射擊。

發射出去的巨大子彈開始刨開尖塔。

粗略計算子彈擁有的威力大概是7.62×51毫米ＮＡＴＯ彈的五倍以上。擊中構成的石頭時，揚起土塵的量根本是小巫見大巫。

被子彈擊中的石頭，一發就被刨除原本厚度的一半，第二發就完全被打穿了。然後就超越作為道具的耐久值，變成光粒消失。這樣的情況正不斷在尖塔的各個地方發生。

休伊改變Ｍ２的上下角度，持續將子彈平均地從塔的上面轟到下面。

三腳架固定了槍械的高度。雖然有可以用轉盤進行微調整的金屬零件，但是打從一開始就沒有裝上去。因為並非遠距離精密狙擊，所以這樣就足夠了。

像是舔過一樣，將子彈從尖塔大約5公尺左右的地方到50公尺的最上層都轟過一遍。尖塔的各處都揚起土塵，接著出現孔洞，巨大石頭一個接著一個消失。

ＭＭＴＭ的賽門架著槍械，只要一有來自尖塔的反擊就會立刻把子彈射向該處，但是到目前為止都沒有這種跡象。

傑克手中ＨＫ２１機關槍的槍口雖然一直朝向尖塔入口，但是沒有人從裡面出來。其實出來也只會被打成蜂窩罷了。

碧碧之外，把武裝交換成Ｍ２的零件與子彈的ＺＥＭＡＬ成員，這時能夠射擊的就只有使用９毫米帕拉貝倫彈的Ｍ１７手槍。

麥克斯幫忙更新彈藥箱，彼得則是迅速更換因為過熱而性能下降的槍管，他們都盡到自己的責任了。

交換彈藥箱後再次將子彈上膛，交換過熱的槍身，接著繼續瘋狂射擊，M2大約長達一百秒的咆哮暫時停歇，當覆蓋尖塔的土塵散去時——

尖塔仍然聳立在該處。

南側的石頭有一半左右作為道具消滅了。變成一座像是被蟲啃食過的塔。有的地方開了將近1公尺的大洞，裡面的螺旋階梯整個暴露在外。

它即使如此還是沒有倒塌的模樣……

「好像一群高手不斷持續下去的疊疊樂。」

誘使健太說出這樣的感想。

碧碧利用通訊道具對大衛搭話。

「很遺憾，剩下的子彈已經……我們只能到這裡了。」

雖然不清楚到底是「剩下的子彈都用光了」還是「為了之後做準備，沒辦法繼續射擊了」，但大衛沒有追問下去。這是成熟大人之間的對話。

相對地……

「沒有復活嗎……就表示沒有任何人因此而死。太難纏了。」

在參雜預測的情況下這麼回答對方。

塔裡面似乎仍沒有任何人死亡。只能猜測是跑到沒被擊中的地方躲起來了。

「可以麻煩你們嗎？」

「可能會不小心幹掉不可次郎喔？」

「我會在這裡觀賞。」

「了解了。」

大衛這麼說完，就從街壘後面把ＲＰＧ—７扛到肩膀上。

小隊裡面，射擊這把必殺武器是大衛的責任。

並不是因為「我是隊長，所以要讓我活躍」，是因為所有人舉行了射擊大賽，結果大衛最為拿手的緣故。

大衛心想「Ｍ２由休伊負責射擊應該也是類似的理由吧」。但其實並非如此，是ＳＪ５開始前眾人猜拳的結果，不過就先別管這件事了。

「太簡單就陣亡也很可惜，但存活下來又很困擾。」

對蓮她們吐露這樣的發言之後，大衛就用拇指豎起ＲＰＧ——７的擊鐵。

瞪著簡樸的光學瞄準鏡，把手指放到扳機上後，視界裡就出現巨大的著彈預測圓。

無風且距離相當近的現在，配合心跳收縮的圓形不可能會偏離尖塔。這是只要開火就絕對會命中的距離。

瞄準尖塔的中間附近，正準備要扣下扳機的時候。

「隊長，快趴下！」

大衛老實地遵從健太的聲音，像倒下般滾倒在地。當然手指也就離開扳機。

「最上層，敵人！」

隨著這句話傳出了槍聲。

PKM機槍的低沉槍聲響徹整個空間，子彈從上面朝街壘降下。

大衛從街壘的角落看到了。SHINC的機槍手從最上層探出身子，開始對附近灑下子彈。

MMTM的成員開始一起射擊後，羅莎就立刻把身子躲到石牆後面。

接著槍擊停止，羅莎再次探出身子與槍身開始連射。

幸好自己躲藏的地點沒有遭受攻擊……

「先解決那邊！」

大衛迅速從街壘後探出一半身子，架起武器瞄準，接著射擊。

RPG—7是火箭砲。

扣下扳機後火藥會點火，將火箭筒裡沉重的火箭往前方射出。為了抵消這時候強烈的後座力，後方將會噴出大量的火藥氣體——也就是所謂的無後座力砲。

射出去的火箭在10公尺前方點火，然後一口氣加速。說起來就是兩段式的發射方法。

火箭噴發的煙朝射擊的大衛襲來。簡直就像沉重的棉被撞過來一樣。

一邊噴出燃燒氣體一邊加速到接近音速的火箭砲，就這樣被吸進高塔最上層沒有鐘的鐘樓裡。

接著擊中屋頂在該處爆炸。

即使沒有碰到爆炸的噴射氣流，爆炸本身的威力就相當強大，衝擊波襲擊了鐘樓內部。

然後一名待在該處的人類被從背部往外推，結果就掉落到空中。

「唔哇哇啊啊啊啊啊！」

羅莎就連同扛在肩膀上的PKM機槍，隨著悲鳴在空中飛舞。

被吹向南側的她，直接往下掉落50公尺，然後從頭部著地。當然立刻喪失生命。SHINC的成員又少了一個。

這個瞬間。

倒數開始了。

240這個數字出現在黑色牆壁上。

馬上就變成２３９。

「為什麼突然開始攻擊……？」

大衛雖然說出疑問，還是以衝刺的方式移動到旁邊的街壘後方。

ＲＰＧ—７一旦發射就會猛烈朝後方噴出煙，所以有發射位置馬上會被發現的缺點。很容易就會遭到敵人反擊。

他的手同時也迅速持續著動作。也就是重新裝填ＲＰＧ—７。

在空中抓住出從倉庫欄出現在眼前那個連結在細長筒子上的彈頭，並且把它推進發射筒內。接著拔出彈頭上的安全栓，讓它處於可以擊發的狀態。

由於這些動作都經過無數次的練習，所以是僅花了幾秒鐘的神速。

當他完成準備，就從膝蓋滑進某個街壘後方……

「第二發！後方注意！」

對可能待在後方的伙伴發出警告後，就從街壘探出半邊身子，朝剛才瞄準的塔中央射擊。

第二發火箭砲像是被機關槍轟出的孔洞吸進去一樣衝進去，擊中螺旋階梯的引信發揮作用後整個爆炸。數個另一邊的石頭，以及周圍更多的石頭都被爆風吹飛了。

然後玩疊疊樂的話，失敗的瞬間馬上就來臨了。

「要倒塌了！」

在賽門對同伴發出警告當中，尖塔從中央部開始像是垂下頭般緩緩朝南側傾斜。

接著又由數公尺下方開始崩壞。

不是倒塌而是崩壞。

因為從上方開始傾斜，被槍擊而滿是孔洞的地點沒有足夠的石頭支撐，於是超過道具耐久值而損毀，或者可以說脫落。

破壞與脫落產生連鎖，塔開始朝正下方崩壞。

石頭互相碰撞的猛烈清脆聲音響起，大地持續微微搖晃——

周圍立刻被土塵包圍而看不見任何東西。

聽不見崩壞的聲音之後……

「成功了嗎……？」

大衛在街壘旁邊等待土塵散去。

波魯特立刻來到後面並且開始交換武器。

接下來突擊步槍的需求將大於火箭推進榴彈。大衛再次拿起自己的武器並且重新裝填子彈與槍榴彈。

碧碧手下的四名ＺＥＭＡＬ成員也互相交換了武器，各自再次緊握自己的機關槍。除了碧碧之外都揹著背包型供彈系統。彈鏈前端都收納在機槍裡面。

然後以包圍碧碧來保護她的形式朝著尖塔靠近。

雖然沒有風，但土塵還是經由系統的處置逐漸消失了。

現實世界的話應該會整個堆積在周圍，但這裡是遊戲世界，所以單純像是霧氣消散一樣慢慢地消失。

ＺＥＭＡＬ由塔的東南側，ＭＭＴＭ則由西南側慢慢靠近。以位置關係圖來看，ＺＥＭＡＬ是右翼，ＭＭＴＭ是左翼。

當然所有人都架著槍，一邊互相掩護，一邊靜靜地沿著街壘移動。

迫近到剩下70公尺左右時，塵埃完全消失，九個人眼裡能清楚地看見尖塔的模樣。

塔只剩下最下層的５公尺左右，其他完全崩塌了。

最下層完全被從上面掉落下來的石頭掩埋住，螺旋狀階梯整個埋沒在石頭底下。那下面應該沒有人能存活才對。

幾百個石頭——作為道具的耐久值仍未歸零的物體散布在周圍，堆積出直徑10公尺左右的山。

除了被擊中而欠缺的石頭之外，其他滾落在地的石頭都還保有漂亮的形狀，這是只有在遊戲世界才會出現的情形。看起來就像隨便用玩具積木堆積起來一樣。

尖塔雖然變成石頭山，但是該處看不見「Ｄｅａｄ」的標籤。

「碧碧，妳那邊看得見標籤嗎？」

大衛靠著通訊道具這麼問……

「不，一個都沒有。」

這是碧碧的回答。

「太奇怪了……是被埋起來了嗎？」

大衛把疑問跟可能性說了出來。

屍體完全埋在石頭底下的話——比如說尖塔最下層裡面，就物理上來說是有可能因為埋在深處而看不見標籤。

但話又說回來了，還是會忍不住浮現「除了羅莎之外還有七個人，至少會看到一個吧」的想法。

「我們開槍試試看。注意跳彈。」

碧碧這麼表示……

「了解。稍等一下。」

在大衛以手勢指示下，ＭＭＴＭ的成員全都把身體躲藏在街壘後方。

剩下70公尺的話，從右側射擊的機關槍子彈，變成跳彈後確實有可能襲擊大衛等人。

「好了，開始吧。」

大衛一這麼說完，休伊與麥克斯就開始射擊。

兩條機槍火線延伸到崩塌形成的石頭山上，接著射穿該處的石頭。

一些石頭失去原本就快歸零的耐久值而消失。石頭山稍微變矮了一些。

五秒鐘左右的連射結束，稍微揚起的土塵消散，山的高度變矮了一些，但還是看不見標籤……

「掉到……另一邊去了嗎？」

「很可能是這樣。不過掉下去的話就看不見了吧。」

兩支小隊的隊長都不知道該如何對應這種情況。

如果蓮她們全都掉到３０００公尺的深淵底下而死，那兩支小隊就只能開始互相殘殺了。

但現在已經完全錯失決定這麼做的時機。情況就像是相撲比賽時錯失了站立起來交手的時機。

是要立刻全力攻擊就在附近的敵人，還是重新來過呢？

正當大衛與碧碧猶豫了短短幾秒鐘的時候。

「不可！上吧！」

「好喲！」

不可次郎開始用雙手的槍榴彈發射器射擊了。

在酒場裡的觀眾看見了。

不可次郎把手中的ＭＧＬ－１４０槍榴彈發射器朝向空中連續發射。

巨大的迴轉式彈巢每射擊一發都會喀咚一聲改變角度，把下一發槍榴彈跟槍身連結成一直線。接著槍榴彈再次從槍口飛出。

「很好！開始反擊了！」

「上吧！」

酒場裡大大映照出這一幕的畫面當中，不可次郎正吊在繩子上。

以纏在腰部與腿部的繩子騰空懸吊著，雙腳同時撐在垂直的牆上來保持身體的穩定。

她的姿勢就跟在塔上開槍的夏莉幾乎一模一樣。

不同的是靴子底部踩的不是塔的側面，而是這座城堡的中央部分，也就是絕壁的地方。

不可次郎的背部後面是一整片達３０００公尺的空間。

不對，正確來說是２９９６公尺吧。不可次郎在比碧碧他們所在的平面往下４公尺的地

方。

然後不可次郎稍微往右邊一點的地方是同樣吊著的蓮，蓮的左邊依序是克拉倫斯、夏莉、老大、安娜以及冬馬。

吊著七個人的繩子前端綁在塔的底部。

該處用蓮的光劍開了兩個洞，然後用繩子綁住。雖然現在埋在石頭底下，但只要尖塔的底部還存在，繩子就不會鬆脫。

這是蓮從不可次郎愚蠢的意見中想到的唯一可以存活的方法。

就算緊急分頭進行準備還是需要時間，而且仍待在塔裡的時候，還遭到M2重機關槍的掃射。

蓮她們之所以沒有被射中，只是因為休伊為了不擊中地面而沒有將射線拉低。

所有人之所以能沿著繩子逃到側面，是因為RPG—7開始射擊的緣故。

吊在繩子上的這段期間，不知道會不會連同應該會倒塌的整座塔一起掉落，或者是巨大的石頭從頭上落下，這都只能看運氣了——

看來蓮的幸運女孩屬性今天仍然健在。

「榴彈！」

一聽見「啵啵」的軟弱發射聲，大衛就判斷出那是破壞力極為恐怖的槍榴彈。

然後也看見以拋物線方式降落到我方周圍的恐怖彈道預測線。

「竟然躲在後面！」

那個位置的話，不可次郎應該是幾乎在垂直狀態下稍微調整了角度來對我方射擊。發射出來的槍榴彈爬到高高的天空，然後受到重力的牽引開始朝我方的周圍落下。

如果那是大約一個小時前讓躲藏的房子完全崩壞的電漿榴彈的話？

「別逃！把它射下來！」

大衛對伙伴們這麼大叫時，碧碧他們已經開始射擊了。順帶一提，碧碧做出的……

「橫掃天空。」

是這樣的命令。

四名成員朝著上方的彈道預測線展開全力的機槍射擊。

MMTM的成員慢了一拍後也跟著這麼做。

由於是畫出極高拋物線的彈道，所以彈頭仍未上升到頂點。從彈道預測線仍剩下一半以上就能看出來。

九把機槍與突擊步槍噴出火來，子彈開始往天空灑去。

「打下來打下來打下來！」

大衛一邊鼓舞伙伴，一邊自己也用全自動模式射擊。

「別擔心，只要開槍就一定會打中。」

相對地，碧碧則是以悠閒且溫柔的語氣對同伴們這麼宣告。

彈雨從地面往天空降下。

然後空中出現了巨大的蒼藍球體。

ZEMAL的上空開出一朵直徑達20公尺的藍色煙火。然後其邊緣又有另外的煙火炸裂。

原來是後面過來的彈頭產生的誘爆。

接著MMTM頭上也同樣開出了一、二、三朵藍色火焰花。

很諷刺的，在天空中擴散開來的藍色球體，現在變成保護大衛他們的盾牌。

電漿奔流不會立刻消失。之後飛過來的彈頭進入火焰後產生誘爆，然後繼續擴大範圍。

像是高速連射的煙火一般的圓重疊在一起，接二連三地產生爆炸。

泛紅的GGO天空取回清爽的藍色，照耀著底下的大衛與碧碧等人。

酒場的大畫面變成一整片藍色。

連續射擊12發的電漿榴彈不斷誘爆再誘爆。然後還是誘爆。

「是連鎖反應！」

「不對，是落下型方塊遊戲嗎！」

「好漂亮！」

「真是精采！」

「以前有一款叫做『飛彈指揮官』的遊戲——」

各自做出任性的發言並且享受著眼前這一幕的酒場，氣氛已經熱絡到了極點。

攝影機立刻拉開距離，把這樣的情景完全呈現在眾人眼前。

寬數十公尺的天空，在高60公尺左右的地方染上了鮮豔的藍色。

「難得有這樣的煙火大會，真希望能多點色彩。」

「別要求太多。」

再次爆炸，開出藍色花朵，然後再次被捲入——

「但是越來越低了喔。」

高度越來越靠近地面。

「可惡！要趕上啊！」

大衛瞪著天空這麼大叫。

他已經停止射擊了。因為已經射光一個彈匣。

由於頭上發出藍光，而且其中還包含著紅色彈道預測線，所以能夠給予我方傷害的彈道上面的手榴彈應該全部都誘爆光了。

但是也能看到那些球體不斷往下降。

這也是理所當然的情況，彈頭炸裂並且擴散開來時正處於落下的向量之中，所以球體當然也會直接降落。

因為直徑達20公尺，在低位炸裂，然後球體消失前觸碰到地面的話，大衛他們也會跟著消滅。

「要趕上啊！」

當大衛再次這麼大叫時，最初的爆炸形成的爆風，以及其連鎖造成的爆風就轟向地面。

彷彿五個颱風一起來到般的強大壓力……

「噗哈！」

大衛以及……

「呀！」

碧碧……

以及此外的七個人都遭到襲擊，除了讓他們整個人往後翻倒之外還加上滾動。

「被打中了嗎……」

蓮把繩子拉過來抬起自己的身體，同時看著天空發光的模樣並且注意到這件事。

這是現在蓮她們擁有的最強必殺技，原本認為靠它就能起死回生一舉獲勝。也就是一次發射12發不可次郎的電漿榴彈。把手邊有的全部都射出。血本無歸的大放送。

但是卻在空中被擊中了。

蓮知道這並非不可能的事情。

SJ3開始不久時，為了給蓮發送信號，M就用M14・EBR射穿了不可次郎往正上方射擊的一發槍榴彈來作為信號。

在設有彈道預測線的GGO裡，巨大目標物緩緩飛過來時，也有技術足以將其擊落的傢伙存在。這些臭變態。

然後只要有一發被擊中，就會不斷產生誘爆。

「嗚哈太厲害了！今年的煙火大會參加這一場就夠了！」

跟蓮一樣把繩子拉過來，腳踢向側面往上爬的克拉倫斯很開心般這麼大叫著。

她的背上以肩帶揹著散彈槍。也就是第二武裝。

那是義大利的貝瑞塔公司製「M1301 Tactical」。

只要扣扳機就能連射的自動式散彈槍。

長1公尺左右，管式彈倉可裝填7發子彈。槍身左側附加了可以放置散彈的支架。

槍托與前托是馬格普工業公司特製零件算是自豪之處。槍口旁邊左側有強力的手電筒，右側則有雷射瞄準器。這些都是在GGO裡沒有特別需要的道具，但因為覺得帥氣而加裝了上去。

M看了克拉倫斯的戰鬥方式而浮現「就是這個了」的點子，於是克拉倫斯便興高采烈地買了下來。

雖然剛才曾經實體化，但是它不適合防衛尖塔。由於使用的子彈是9發子彈一起發射的oo-buck彈，所以射程相當短。但是相當適合接下來要面臨的戰鬥。

老大以及其他SHINC三名成員也拚命往上爬。

雖然有繩子，腳也可以踩在側面，要垂直攀登還是相當困難。需要相當程度的臂力，體重與槍械越重的話難易度也會跟著上升。

也有一放開拉著的繩子就會跌回原來低處的危險。

那個時候要是纏住脖子，當然就會變成上吊。纏住手腳的話就會掛在該處無法動彈。只有一個人的話大概就無法復原了。

即使如此，這仍然是唯一的生存之道。

目前人已經不在這裡的羅莎，在這個作戰裡肩負起相當重要的任務。

任務的內容是敵人小隊攻擊尖塔的話，為了拖延時間，同時也為了讓他們認為所有人都還在塔裡，刻意從最上層探出身子來進行顯眼的攻擊。

而這同時也是必死的任務。

羅莎在最佳時機之下探身瘋狂射擊，然後成功讓自己被大衛發射的第一發RPG—7擊中。

沒有她那麼做的話，塔應該會更早崩壞，大家也就會被捲入石頭之中吧。蓮她們就趁著這個機會完成作業，以繩子將自己吊在尖塔背面。

「不讓羅莎！」

老大用粗大的手一點一點將繩子往上拉來撐住沉重的身體。

「白白！」

安娜也跟著這麼做。

「死亡！」

接著是冬馬。

盡快爬到上面，在對方重整陣形前發動襲擊真的是最後最後的機會了。

蓮善用嬌小與輕盈的身體，比其他人都要快爬完繩子的瞬間……

「哇呀！」

爆風就襲擊過來，把蓮輕盈的身體往後吹飛。

從結果開始說的話——

不可次郎射擊的12發電漿榴彈全部在天空中遭到誘爆。沒有辦法減少任何敵人小隊的成員，只是舉行了一場華麗的煙火大會就結束了。

原因在於不可次郎的技術太好了。

不可次郎的射擊實在太過完美。

靠綁在腰部與腿上的繩子，腳撐在側面吊著這樣的狀態，稍微加上一些角度後朝前方的連射。

如果不是遊戲廢人——

作為一直愛著遊戲的篠原美優所操縱的虛擬角色，經過猛烈練習學成以槍榴彈發射器連射的不可次郎中的不可次郎加不可次郎的話，榴彈應該會更加分散吧。

或者是提前預知這一點而刻意往左右分散射擊的話，就算被對空射擊擊落，或許也不會全部都因為誘爆而消失。

只要有一兩發穿越爆炸，掉落到地面才炸裂的話——就算無法讓敵人全滅，或許也能打倒一兩個ＺＥＭＡＬ或者ＭＭＴＭ的成員。

「所有人都沒事吧……？」

明明只要看狀態畫面就能知道，但在ＧＧＯ裡就是會忍不住這麼問。

大衛被爆風壓在地面又往後吹飛，整個人在地面滑行了20公尺左右，但光是這樣無法被判定受到傷害。沒有放開手裡的武器只能說他果然名不虛傳。

ＭＭＴＭ的成員全都生還。

健太的ＨＰ之所以一下子就減少了30％，完全是因為頭部猛烈撞到街壘的緣故。

但只要還活著就有辦法解決。剛剛打了急救治療套件，ＨＰ開始慢慢地回復了。

「大家站起來。接下來才是重頭戲，用機槍瘋狂地射擊吧。」

碧碧的指示總是有樂在其中的感覺。

「嗯！」

「太好了！」

「OB！」

而伙伴們也元氣十足。

被爆風吹飛之後，裡面果然也有HP減少的成員存在，但那又怎麼樣呢？

只要能拿心愛的機槍以全自動模式大量射擊，這麼點HP馬上就會恢復了。不對，並不會。這是錯覺。

ZEMAL的四個人從60公尺左右的距離將機槍架在腰間……

「開心地邊射擊邊前進吧！」

在女神有點奇怪的命令之下，不停朝著前方連射，同時開始前進。

「對方也平安無事！別輸給機槍的傢伙們！」

大衛也激勵著伙伴……

「前進吧。但不能靠太近，必須經常警戒手榴彈。」

而且還一邊做出這樣的指示，一邊把突擊步槍架到肩膀上。

「嗨，蓮。歡迎回來。」

「嗚……」

蓮正吊在夏莉的旁邊。而且完全是上下顛倒。

可以清楚地了解目前的狀況。

明明拚命拉著繩子攀登，還比任何人都快爬完，在快要到上面的前一刻，自己就受到爆風襲擊，並且被吹飛。

然後雖然被拋到城中央的外面，不過因為綁著繩子，所以沒有跌落3000公尺的下方，在4公尺左右的下方停了下來。

只不過是上下顛倒狀態。落下的衝擊讓繩子深陷入腰部與腿部而感到有些疼痛。

「好不容易爬上去了……」

蓮望著反方向的天空這麼呢喃。

「有點太快了嗎？」

「唔……」

順帶一提，夏莉完全沒有爬。

夏莉判斷即使是再次裝填的速度相當快的直拉式，只有手動槍機步槍的自己還是無法戰鬥。

從吊在空中的時候，她就明確表示過打從一開始就不打算爬上去了。

自己要在這裡悠閒地躲起來。真被發現的話，也只能到時候再說了。由於不願意默默地被擊中，也不想槍械受損，只好耍帥用腰間的劍鉈把繩子切掉，從3000公尺高空來一場高空彈跳。

「咦，夏莉，ＳＪ3的時候妳不是到處移動並且以速射幹掉許多人嗎！」

克拉倫斯想起兩人恐怖的相遇經歷並且開口這麼說道。

「那個時候是從相當有利的位置開賽。而且我今天已經累了。」

夏莉說出冷漠的回覆。

夏莉雖然是這樣的反應……

「來，先從左腳開始。」

還是幫忙蓮把頭跟身體提上來，然後讓她把腳穩穩踏在側面。

「謝謝！我去去就來！」

「去吧！」

蓮開始第二次的攀登。

往上一看之下，老大她們現在正要抵達瓦礫山。

必須跟她們一起到上面，打倒多少受了一點傷的ZEMAL與MMTM才行。

蓮一邊往上看，一邊讓繩子深陷入手套來開始迅速往上爬。

然後就看見了。

抬頭往上看的前方，前進的方向有許多發光的彈道預測線。

「老大快逃！」

SHINC爬最快的老大正把臉朝向安娜並且伸出手，所以沒有注意到預測線……

「咦？——咕啊！」

子彈射穿了她的肩膀。

老大藉由趴下防止受到更多子彈的攻擊，但安娜因此無法整個爬上去。不對，應該說這樣反而比較好吧。子彈不斷朝瓦礫山飛過來並且彈開。

「啊啊……」

蓮長長地嘆了一口氣。

雖然看不見上面的模樣，但可以猜測得出來。

存活下來的ZEMAL與MMTM成員——大概還有很多人，現在正一邊開槍一邊往這裡逼近。

如此一來就無法露臉，當然也沒辦法反擊，可以看到最後被那些爬上瓦礫山的傢伙用槍口對準，然後輕鬆被幹掉的未來了。

「不行嗎……」

蓮停下了攀登的手臂。

左邊稍微斜上的地方，雙肩提著槍榴彈發射器的不可次郎……

「嗯，已經盡力了。」

隨著爽朗的笑容對蓮做出這樣的發言。

搭檔的笑容讓蓮也跟著稍微笑了一下。確實已經盡力了。這樣的話，就算陣亡Pito小姐也會認同我們才對。

等等，也不是說一定得得到那個人的認同才行。嗯，真是的。

蓮如此自言自語地說道。

「是啊。說起來，我還有大家都幹得很不錯了。」

蓮心裡浮現「在這裡結束也沒關係了吧？」的想法。

「那麼，我比任何人都想要一百萬日幣，所以想在這裡把妳幹掉，可以麻煩妳爬到我旁邊，讓我用手槍也能擊中妳嗎？」

「別開玩笑了！」

聽見她這麼說後，蓮改變了心意。

可惡！哪能在這種地方結束！

蓮心裡這麼想。

「還沒死呢！不可！不可！快點重新裝填榴彈，然後哩，就爬上來！」

「哦哦，妳——」

不可次郎咧嘴笑著說：

「竟然使用『然後哩』，看來妳是北海道人吧？」

蓮無視自己的伙伴……

「克拉倫斯！到上面去瘋狂射擊吧！」

克拉倫斯是從跟老大她們不同的地點往上爬，這時蓮這麼命令幾乎快爬到頂端的她。

「嗯——這樣的話我會被擊中耶？」

「只要爭取讓不可重新裝填的時間就可以了！會幫妳收屍！」

「哈哈哈！真是的，蓮真是會使喚人耶！」

克拉倫斯很開心般拉著繩子往上爬。

「老大妳們也是！總之回擊就對了！我們還沒死呢！所以還沒輸！」

「好喔！」

閃爍著中彈特效的老大趴在瓦礫上，讓安娜與冬馬繼續攀登。

然後趁對方槍擊的空檔——其實算不上空檔，只是趁短暫的間隔試著投擲手榴彈。

放在腰部的是為了防止誤爆的普通手榴彈，但是也把它們交給冬馬與安娜。

三個人以趴在瓦礫山後面的狀態拔出安全栓，在握著保險桿的情況下，即使丟不到敵人身邊也沒關係，為了牽制而把手臂往後拉……

「Un、deux，去吧！」

在奇妙的口號下投出去——不對，似乎快要投出去的三顆手榴彈，最後還是沒能投出。

因為ZEMAL的連射剛好在這個時候襲擊周圍，瓦礫山最上部的石頭遭到破壞並且消失，而且還連續射穿了三個人的手臂。

「嗚嘎！」

「咕！」

「好痛！」

三個人的手臂被擊中，受到差點就要斷裂的傷害。

沒能投出的手榴彈離開她們的手，保險栓彈飛掉落在後面，撞到石頭後又繼續滾動——開始往3000公尺的下方掉落。

「咦？咿——！」

爬著繩子的蓮害怕地目送著掠過自己左邊往下掉的三顆手榴彈。

其掉下去的前方剛好有伙伴在那裡。

「啊？」

夏莉看見筆直地朝自己降下來的三顆手榴彈……

「喂喂，是這種『下場』嗎？」

結果這成為她的最後一句話。

在腳底下「砰砰砰」連續爆炸的手榴彈，其碎片與爆風完全包圍夏莉。

沒有任何玩家能在這樣的情況下存活。

「啊……」

蓮看到夏莉的身體上浮現出「Dead」標籤。

外表受到嚴重損傷的屍體馬上就會恢復原狀。因為這裡是遊戲。

依然吊在繩子上的夏莉屍體就這樣變成了不可破壞物體。在維持著筆直僵硬的狀態下，於絕壁的邊緣保持著漂亮的水平。

從繩子的位置來看，原本不可能保持水平，但這裡是遊戲。

這極為詭異的光景……

「出現Bug了。」

誘使不可次郎產生這樣的感想。

「抱……抱歉！真是對不起！」

雖然老大低頭道歉……

「沒什麼啦！ＧＧＯ常發生這種事！」

但蓮並不在意。應該說根本沒時間在意。

順帶一提，如果手榴彈不是在夏莉底下爆炸，那麼碎片也很有可能朝蓮飛過來。

「嗚喔喔喔喔，幫夏莉報仇———！」

由於這次是真的死亡，所以克拉倫斯就在沒有人吐嘈的情況下拿著Ｍ１３０１ Tactical站了起來。

然後開槍。

從槍身一次衝出９發鉛彈，槍機右側則彈出一個彈殼……

「好爽啊！」

克拉倫斯相當滿足。

下一個瞬間就受到ＭＭＴＭ所有成員的彈道預測線照射……

「再讓我開一槍！」

這就是克拉倫斯所說的最後一句話。

但她不會白白死亡。

在身體各處被擊中前先扣下兩次扳機的克拉倫斯，成功讓波魯特的半身遭到散彈雨的襲擊。

他的槍械，同樣是貝瑞塔公司製的ＡＲＸ１６０的機匣也被散彈命中，從他的手裡彈飛出去。

奪走波魯特三分之一的ＨＰ，並且讓他的槍故障後，克拉倫斯就從ＳＪ５裡退場了。

「可惡！」

蓮一邊沿著繩子攀爬，一邊看見克拉倫斯的屍體上出現標籤。

當她爬到頂端，首先就衝向屍體並且躲在後面。

「幫克拉倫斯報仇！」

把自己逼其走上絕路的伙伴當成盾牌，只把Ｐ９０的槍口舉到上方來拚了命地開火。

完全沒有瞄準，只是亂射一通。也就是所謂的盲射。雖然是以前被Pitohui警告過別這麼做的行動，但現在沒空管那麼多了。只要能多爭取一點時間，就算這麼做也無所謂。

正當蓮以全自動模式將一個彈匣的50發子彈全部射光，整準備更換新的彈匣時……

瞄準後飛過來的一發子彈擊中Ｐ９０槍口底部，在該處爆發出火花。

「嗚嘎！」

衝撞的力量從蓮的手裡奪走她的愛槍，那個時候系統也判定她的手指骨折，所以受到些許傷害。

雖然手指並不重要，但是被彈走的愛槍，讓肩帶整個從蓮嬌小的身上脫落。

「啊啊！」

蓮急忙伸出右手但為時已晚。

粉紅的P90，也就是小P……

「再見了，小蓮！期待再～相～見～！」

隨著這樣的悲傷發言，在石頭上反彈兩次發出「喀鏘喀鏘」的聲音，然後從戰場邊緣往外掉落。

「啊啊啊！」

蓮在石頭上面爬著，朝著深淵的底部探出臉……

「啊！」

粉紅色物體朝3000公尺底部落下的模樣就烙印在她的視網膜上。

「再～見～了～了～了～」

小P的聲音越來越小……

「了～……」

然後再也聽不見了。

「啊啊……」

面對臉朝下方露出泫然欲泣表情的蓮……

「怎麼了，被小P甩掉了嗎？」

正在重新裝填MGL—140槍榴彈發射器的不可次郎開口這麼問道。

由於腳不踩穩的話就無法保持平衡，雖然兩手都可使用，要重新裝填還是很花時間。但目前看起來右邊，也就是右太已經重新裝填完畢了。

「不可……可以用它攻擊我了……然後哩，獎金就由包含SHINC所有成員在內的眾人平分如何？」

「蓮……」

不可次郎露出異常嚴肅的表情並且停下手來。

然後……

「這種事情要早一點說。如果妳有這樣的覺悟，早知道再次相遇時就馬上用電漿榴彈把妳幹掉了。」

「也是啦。提出的時機真的太慢了……」

蓮這個時候注意到。

在ＳＪ５重逢時，自己差點就被電漿榴彈幹掉的事實。

「還是算了！我還有小Vor他們！」

蓮在趴著的情況下右手迅速繞過腰部，拔出了戰鬥小刀。用它把一口氣把腰部與腿部的繩子割斷。

這個時候稍微割到自己的肉體而被系統判定受到傷害，但是已經沒空管這種事情了。

「我出場的機會只有這樣嗎？」

把如此問道的小刀收回刀鞘裡的同時，蓮就揮舞左手進行裝備的一鍵變換。

裝了彈匣的背包在背上實體化，彈匣腰包消失後雙腿出現槍套。裡面收納著兩把45口徑的Vorpal Bunny手槍。

蓮從槍套裡拔出手槍後，就用準星勾住石頭的尖角拉動槍機滑套。先是右邊，然後左邊。

「喂喂，妳想做什麼？」

「妳別管，不可次郎裝填好後也跟老大她們一起努力！」

「等等啊，一百萬日幣！」

蓮把視線從不可次郎身上移開後，就看向趴在自己往左5公尺左右的瓦礫山前面的老大等三人。

被擊中的右手似乎不再覺得麻痺。三個人都把繩子從腰部跟腿上拿下來了。

在子彈從頭上穿越的狀況之中……

「老大！我有兩件事要拜託妳！第一件事，希望妳把重新裝填好的不可次郎拉上來！安娜妳們幫忙保護老大！」

「另一件呢？」

面對老大理所當然會出現的問題……

「拿出巨榴彈並且給我一個。連同吊在腰帶上的掛鉤。」

蓮如此表示。

「唔……」

老大立刻就知道蓮想做什麼了。

巨榴彈是足有一顆小西瓜大小的大型電漿手榴彈的俗稱。具備跟不可次郎的電漿榴彈彈頭同等的威力。也就是影響範圍為20公尺。最少也得投擲10公尺的距離，否則連自己都很危險的恐怖物品。

威力固然強大但也重得不像話，所以就算蓮能夠搬運，也沒辦法把它投擲出去。

擁有巨榴彈的老大之所有沒有把它朝敵人丟去，正是因為投擲距離不夠的話我方將會死亡，要是在空中被擊中的話，我方也同樣會死亡。

這時蓮竟然表示連同吊在腰帶上的掛鉤也想要，這就表示……

「妳……打算犧牲吧……」

除此之外老大就找不到其他答案了。如此一來，那這就是正解了吧。

蓮打算把它掛在自己的腰帶，接著吊在胸部或者腹部，然後一邊以Vorpal Bunny瘋狂開火一邊衝出去。

如果是蓮的超高速，可能不會中彈——

或者是說，武裝如果是背包裡裝了防彈板的Vorpal Bunny，在背對射線的情況下奔跑的話，就算被擊中一兩發子彈可能還是能衝進剩餘兩支小隊其中之一的懷裡。

只要能夠靠近，就算被擊中也能誘爆巨榴彈。即使沒有誘爆，蓮只要在死前按下讓計時器歸零的按鍵就會爆炸。

順利的話，就能讓兩支小隊其中之一完全消滅。如果完全不在乎蓮的性命，這就是很優秀的作戰。

「幹掉其中之一的話，剩下來的就靠不可的槍榴彈發射器與老大妳們的攻擊來贏得優勝了！祝各位武運昌隆！」

在彈道預測線與子彈飛過頭上的情況中，蓮對老大露出燦爛的笑容。

「看來阻止妳也沒用了……」

老大害怕因為自己的猶豫而讓這個作戰無法實行，於是開始操縱倉庫欄。

敵人看來相當慎重，即使如此，還是能聽出斷斷續續的槍聲來源逐漸往這邊靠近。

大概30或者40公尺，總之就是在旁邊而已。繼續被對方靠近的話，蓮的自爆會讓我方也陷入危險。

老大爬著把在眼前實體化的巨大球體交給蓮。

「謝謝妳，老大。」

蓮接過去後，就把極為沉重的武器掛在自己胸口斜向繫著的帶子上。

小小的鉤子只要靠近帶子就能掛上去。以重量來看似乎無法支撐，但只要是著裝的裝備就能確實固定。沒錯，只要是在GGO裡。

跟蓮身體幅度差不多寬的圓形物體掛在她胸口與腹部前面，強調著自己的存在感。

蓮迅速撥弄計時器，把引爆時間設定為零。如此一來，只要用力按下位於胸口的巨大按鍵，立刻就會引爆了。

「…………」

安娜把太陽眼鏡朝向她……

「…………」

冬馬把視線移到她身上，在兩人都不知道該說什麼的情況中……

「那我走了！」

蓮笑著開始了邁向絕境的旅程。

然後馬上就被擊中了。

迅速衝出去的下下個瞬間左右，飛過來的子彈就射穿了蓮的左肩。

「咿？」

像是被用力推了一把的蓮往右側跌倒，頭用力撞上石頭的尖角……

「好痛！」

發出比中彈時更巨大的悲鳴。

整個人倒到石頭山頂端的蓮……

「糟糕！」

立刻旋轉身體，以背包代替雪撬從山上滾落下來。第二發狙擊的子彈擊中她經過的地點。

蓮腹部的巨榴彈差一點點就要被擊中了。

「好傻的身手……」

大衛只能表達感嘆之意。

他在距離50公尺之外的位置架著STM—556窺看瞄準鏡，雖然看見粉紅色小不點衝出來的瞬間，但在自己開槍之前，右側就有一發子彈飛過去了。

接著擊中蓮的左肩，讓她跌倒了。第二發雖然被蓮迅速躲過去，但能清楚看見她的腹部掛著巨榴彈。

「蓮帶著巨榴彈。絕對不能讓她從那裡出來！」

成功對同伴們做出警告。

受到褒獎的人……

「本來想射臉的。」

也就是碧碧則以懊惱的口氣這麼說道。

沒能解決掉蓮的碧碧，在街壘旁邊架著她的第二武裝。

壓在街壘上保持穩定的長長步槍，是英國製的「L86A2 LSW」。

是L85這款使用5.56毫米子彈的犢牛式突擊步槍的發展版。倍率四倍的瞄準鏡是標準裝備。

LSW是Light Support Weapon的簡稱。意思幾乎跟Squad Support Weapon，也就是班支援武器相同。指的是支援分隊的輕量機槍。

把Ｌ８５的槍身加長加粗來提升準度與耐久性，並且在下方加上兩腳架，另外還追加趴在彈匣後面架槍時左手用握把的就是Ｌ８６。Ａ２的意思是第二次的改良版。

這把槍雖然是機關槍，但是使用跟突擊步槍同樣的30發連射彈匣，所以有裝彈數並不多的缺點。只不過美國海軍也採用了類似的槍械，所以不是以彈數，而是以高準度的射擊來壓制敵人也是一種思考方式。

但是在起源國英國，這是一把已經於二〇一九年結束任務的槍械。

這把Ｌ８６Ａ２具有射擊準度相當高的優點，因此而產生了容易被拿來用在狙擊上這種有點奇特的經歷。

這也就是所謂的Marksman Rifle，指的是功能的種類有所改變，「狙擊兵不會使用，但技術高超的步兵可以拿來瞄準射擊的槍械」。

由於ＺＥＭＡＬ是機關槍的狂熱分子，所以有主武器不能裝備機關槍之外的槍械這樣的鐵律。等等，雖然沒有特別明文化，但大致上是這樣的氣氛。什麼，你說槍械是鐵製，所以當然是「鐵」律嗎？

所以碧碧所選的是為了輔助小隊且能進行簡易狙擊的輕機槍Ｌ８６Ａ２。

真的是絕對不讓人有怨言，真不愧是碧碧，簡稱「不碧」的選擇。

「竟然是L86A2，又出現罕見的槍了……」

遠望著碧碧的模樣，大衛以感嘆口氣如此表示。

L85系列在被德國的H&K公司修改為A2前，是以無法順利運作而惡名遠播的槍械。即使經過修改也大多被當成話題槍、稀有槍，在存在許多槍械迷的GGO裡是不太有人選擇，有點可憐的武器。

「然後技巧也無可挑剔……」

原本對自己的射擊技術相當有自信，結果竟然先被對方發現並且搶先擊中目標。實在有一套。射擊技術真是爐火純青。或者可以說是經過相當鍛鍊的角色。

從紅髮與可愛的側臉，實在難以想像她的技術。

因此大衛的壞毛病也有點復發了。

「碧碧，下次希望能在格洛肯跟妳好好聊聊。讓我請妳喝杯飲料吧。」

幸好通訊道具沒有連接到ZEMAL的其他成員。

「哎呀，約會嗎？」

「只是想知道妳如此強的祕密而已。」

絕對是謊話。

「剛才也說過了，只是有許多潛行的時間而已。不過是因為比在這裡的任何人都要閒，所以一直沉浸在GGO裡面。」

「那麼，妳知道氣氛不錯料理又美味的店家嗎？為了將來，希望妳介紹一下。當然是由我請客。」

「哎呀，真會撩。」

聽著大衛那種熟悉的耍帥聲音，MMTM的其他成員都打從心底這麼想著。

嘿隊長。嘿嘿隊長。絕對會被甩的，勸你還是放棄比較好喔。

而且我認為在虛擬世界找女朋友不是件好事。因為完全不清楚對方在現實世界是什麼樣的人。

但沒有人說出口。

他們全是顧及隊長面子的好隊員。或者也可以說單純在看熱鬧。反正被甩了再安慰他吧。

「嗯，等這場殺戮全部結束後再說吧。」

好，開派對了。

「說得也是。」

沒錯，粉紅色小不點還活著。不是搭訕女生的時候了。

話雖如此……

「可惡！」

蓮已經剩下半條命，處於無計可施的狀態之中。

因為被從肩膀擊中，所以似乎被系統判定為肺部這個重要器官受損，HP一口氣減少了四成。蓮對於攻擊的抗性並不高。

蓮以背包為墊背，維持仰躺在石頭山斜坡的姿勢施打了急救治療套件。自己是不是能活到必須花費一百六十秒的回復結束呢？

「可惡……」

明明抱著必死的決心衝出來，結果一步都無法前進就被擊中了。

沒有被那一發子彈擊中吊在腹部的巨榴彈，應該算她還殘留著一點Lucky girl力量吧。

要是被擊中的話，下一個瞬間伙伴就全滅了。不對，還吊在空中的不可次郎可能會得救吧？啊，繩子也會消滅所以應該也沒救了。

敵人依然持續著零散的射擊。

難道ＺＥＭＡＬ那群傢伙是打算像這樣把所有的石頭都破壞掉？以那些傢伙的彈數以及喜歡開槍的程度來看，確實有可能這麼做。

蓮保持仰躺的姿勢望著天空，然後在心裡呢喃著。

Pito小姐、M先生，這次真的不妙了。

今天不知道是第幾次，而且是最嚴重的示弱。

至今為止的ＳＪ裡，這次是被特殊規則搞得最頭痛的一次……

蓮這麼想著。

即使是有背叛者小隊規則的ＳＪ３，雖然遭遇到許多狀況，但那是「被Pito搞得很頭痛」所以有點不太一樣。

身陷濃霧之中、小隊成員分散各地、戰場崩壞、傳送……

雖然這麼說有點結果論，但是因為被特殊規則搞得一個頭兩個大，所以真希望能被規則救個一次。雖然雖然這個願望看來也不可能實現了。

悲觀念頭整個爆炸的蓮，眼睛裡不知道為什麼浮現Pitohui的臉龐。

熟悉的刺青笑容，乍看之下不知道在想些什麼，實際上也不知道在想些什麼的面容。

在藍中帶紅的天空作為背景下，她的旁邊又浮現出M粗獷的容貌。

M的表情似乎……

「妳盡力了。」

在對蓮這麼說道。雖然只是自己想太多。

啊啊，幽靈來接我了嗎……？

蓮心裡這麼想。越是這麼想，兩人的臉龐看起來就越清晰。

原本淡淡的輪廓慢慢變濃。開始越來越清楚了。

「啊啊，Pito小姐來接我了……」

蓮的呢喃……

「什麼！妳也看見了嗎？」

讓老大大聲做出反應……

「啥？」

蓮抬起臉並且撐起身體。

躲藏在自己左側數公尺處石頭山後面的老大、安娜還有冬馬，果然也正看著天空。

其視線前方大約4公尺左右的位置，浮現出蘇菲與塔妮亞，也就是SHINC兩名戰死者的笑容，不對，不只是臉龐，也能看見朦朧的身體，目前正在揮手……

「嗚咿———！」

一股寒氣高速竄過蓮的背部。感覺因為提升了敏捷性，所以寒氣也竄得特別快。

「哦？」

重新裝填好槍榴彈發射器的不可次郎，處於吊在空中的情況下抬頭往上看……

「怎麼了怎麼了？喂喂，蓮右側的天空可以看見Pito小姐他們的幽靈耶。盂蘭盆節嗎？已經是這個時期了嗎？」

「不可也看得見嗎？」

「嗯。除了Pito小姐外不可能出現那種臀部的線條。當成為像我這樣的臀部專家，就能從臀部線條看出那個人的人生經驗與性格……」

「到……到……到……」

不可次郎似乎還在說些什麼，但蓮直接當成沒聽見，轉了一圈後，讓兩個人顯現的臉龐產生一百八十度迴轉。

「到底發生什麼事了？」

Pitohui的臉孔與身體越來越是清晰。雖然還看不見腳，但身體細部的透明感也幾乎消失，看不見她身後的天空了。

身上的連身服、裝備以及拿在手上的KTR—09與其他武器，怎麼看都是遊戲剛開始時的Pitohui……

「咦？」

那個Pitohui正用左肘戳著M的側腹部。

結果M就把能看得見的盾牌盡可能朝蓮伸出。

「啥？啥？」

依然完全不清楚發生什麼事的蓮凝眼看著巨大盾牌。

可以看到對方用油性筆在整面盾牌上寫了滿滿的文字。

上面用日文的片假名寫著這些字。

「已經　先做好　支援的交涉　再來就靠妳們自己了　燃燒生命　好好努力吧。」

那是相當明確的訊息……

「咦？」

當蓮露出誇張的狐疑表情時，GGO某處的倒數計時器出現「0」這個數字。

蓮她們所能看見的Pitohui、M、蘇菲、塔妮亞等人，現在已經連腳都完全看得見了。

而他們就在空中無聲地橫向移動著。下一個瞬間，就站在城中央上方的邊緣處。

Pitohui與M在蓮右側面大約4公尺外的地方。

蘇菲跟塔妮亞兩個人則站在老大她們左邊距離大約4公尺的位置。

看起來簡直就像復活了一樣，仔細一看之下，身體、服裝以及槍械都顯得有些朦朧。就像是有點失焦的感覺。然後頭上飄浮著以顯眼橘色寫的「G」字。

「到……到……到底發生什麼事了！」

蓮發出近似悲鳴的聲音，這時胸口將要回答她疑問的衛星掃描接收器猛烈地震動了起來。

酒場的畫面以及生存玩家的衛星掃描接收器上都出現一段文章。

那正是十三點整在待機區域出現……

「關於ＳＪ５的特殊規則。還要繼續追加！很重要喲！要仔細閱讀喲！死都不要輕言放棄！

只有在ＳＪ５裡死亡的各位才能看到這些內容。我要對各位說些相當重要的事情喲！

就算死了，也還有事情可以做吧？沒錯，就是變成鬼再次出現。

所以各位——要不要變成『幽靈』看看呢？」

從這個訊息開始的文章。

「所謂的『ＧＨＯＳＴ』，指的就是……

Ｇ　Granulated＝顆粒狀的。

Ｈ　Homogeneous＝同質的、均值的。

O　Object＝物體。

of＝的。

S　Spiritual＝精神的、心靈的、魂魄的。

T　Transcript＝抄本、複製、副本。

這些大家都知道的事情！

Granulated Homogeneous Object of Spiritual Transcript＝GHOST。

翻譯成日文大概就是「魂魄複製粒狀均質物體」吧！

死亡者的靈魂因為目前仍在這個毀滅的地球上運作的奈米機器製造機失控而結合，暫時再次現身於這個世界！

它們擁有死者的意識，而且也獲得行動的自由！」

訊息裡以大量文字熱切地描述著如此誇大的設定。

等等，根本不是「大家都知道的事情」。這是在ＳＪ５的新設定吧。

然後接下來就大剌剌地表示……

「因此在ＳＪ５裡戰死的玩家，最後也可以成為鬼魂回到戰場上來。

超重要！明天考試會考的鬼魂特殊規則！

①想以鬼魂狀態回到ＳＪ５的人，在待機處度過十分鐘後必須選擇前往『墓地』。不去的話將被送回平常的那間酒場。墓地裡準備了跟酒場相同的環境，希望各位在那裡吃吃喝喝並且享受ＳＪ５的實況轉播。死者之間可以對話。改變心意的話，也可以從那裡回到酒場或者登出。

②剩下來的玩家低於十七個人時，將會開始兩百四十秒的倒數計時。仍有玩家存活而倒數歸零的話，待在墓地裡的玩家就能以鬼魂身分再次回到戰場大鬧一番。

③存活者看鬼魂會有些朦朧，而且為了識別，頭上會顯示『Ｇ』這個字母。在鬼魂眼裡，不論是生存者或者其他鬼魂都能跟平常一樣清楚看見。存活者的身體上將會顯示『Ｌ』字。

④鬼魂是奈米機器的聚合體所以擁有實體，腳也可以著地，能跟生存者做出同樣的動作。戰場上的物體以及鬼魂之間無法互相穿透。

⑤鬼魂可以自由使用自己的主武器以及僅限本屆的其他裝備。可以自行操作倉庫欄來進行切換。彈數、能源量只有最初帶來的分量，也不會復活。彼此間無法使用通訊道具。

⑥只有鬼魂能給予鬼魂傷害，完全無法攻擊生存者或物體。同時生存者的攻擊完全無法擊中鬼魂，彈道預測線與子彈都會穿透過去。鬼魂與生存者之間聲音無法傳遞，因此完全不能用聲音來進行溝通。

⑦受到攻擊的鬼魂HP會減少，但傷害值只有還活著時的十分之一（也可以想成HP增加成十倍）。沒有能回復HP的道具。HP歸零時，將會『升天』然後回到待機處，無法再次變成鬼魂參戰。

⑧鬼魂完全無法觸碰存活者。靠近生存者4公尺以內的話，鬼魂的動作就會因為光彈防護罩而變慢以及遭到阻礙。然後在進入3公尺以內的瞬間就會產生反彈力，鬼魂將無條件

被彈飛到遠處。

⑨除此之外的規則就希望大家到現場去體驗了。全部加以說明實在太麻煩。另外，若有什麼小Bug，主辦人．營運公司也不會負責。

最後一點，鬼魂能藉由找到隱藏在戰場各處的『祕密點數』來賺取經驗值。靠近到2公尺以內的話，將看到微微發光的地點。在該處揚起手來就能入手祕密點數。從0到10隨機配置在場上，SJ5結束後可以換算成經驗值或者GGO點數。說起來就是尋寶遊戲，希望大家能盡量在戰場上尋找。

「以幽靈的形式復活嗎！」

「又搞出這種特殊規則……」

「難怪沒有人回來……」

「既能回到遊戲，又能入手經驗值與點數，真是太慷慨了。」

「這樣怎麼可能不參加嘛。」

「謎題全部解開了！」

「可惡！好想參加ＳＪ５……要不是預賽輸掉了……」

酒場裡看著畫面上所寫規則的男人們發出聲音……

「哼，明明就沒有人在意。」

很早就察覺沒有任何玩家回到酒場並且把這個疑問說出口的男人……

「老爹！再來一杯！」

把悶酒倒進虛擬的胃裡。

「嗨，有何打算？」

「什麼叫有何打算？」

在微暗的待機處，夏莉對克拉倫斯這麼問道。結果就被克拉倫斯如此反問。

「要以鬼魂的形式參賽嗎？」

兩人在黑色地板上把腳往前伸，愛槍則放在旁邊茫然地坐著。

「哎呀，還要等八分鐘才能變成鬼魂參賽喔。在那之前比賽就會結束了。」

克拉倫斯的回答……

「嗯，說得也是啦。」

讓夏莉聳了聳肩，接著便操縱視窗把愛槍與裝備收回倉庫欄。接著她便注意到一件事。

「哦？這裡也跟酒場一樣有餐點菜單耶。是跟鬼魂有關的嗎？」

「真的假的？有炸薯條嗎？要加一大堆番茄醬與芥末醬的！給我點一座薯條山來！」

「是是是。」

「有洋芋片嗎？薯餅呢？另外也想吃可樂餅！」

「妳是多喜歡馬鈴薯啊。」

「前陣子在現實世界去了一趟北海道！讓我驚覺馬鈴薯竟然如此美味！啊～真想再去耶。」

「這樣啊。看來我住北海道的事情已經曝光了。那麼，就特別跟妳講一些現實世界的事情吧。」

「我想聽我想聽！」

「什麼……」

快速閱讀掃描器上文字的蓮身邊……

「喂喂，簡潔地說明給我聽。」

由於老大她們也瞪著接收器，所以只能靠自己吃力地爬上來的不可次郎終於來到現場。

她在石頭山旁邊蹲下身子朝蓮靠近。

「說是有鬼魂！」

蓮笑著這麼表示。

「太簡潔了根本聽不懂！」

不可次郎如此回應。

「啊，抱歉。規則說死掉的人也能變成幽靈參賽。但是不能攻擊我們，當然也不會受我們攻擊。他們只能賺點數。」

「原來如此。」

「不過這是個機會。Pito小姐絕對有什麼想法！我們還能戰鬥！狗屁規則萬歲！」

蓮不停揮動仍拿著Vorpal Bunny的手並且這麼說道。

「我知道了，所以快把妳那即將臨盆的肚子收起來。妳剛才差點就按下開關嘍。」

「嗚咿！」

蓮急忙將巨榴彈上了保險。

「那妳打算怎麼做？」

蓮首先對從頭盔下咧嘴露出笑容的搭檔說：

「總之先用右太跟左子開火吧！然後──」

在把話全部說完之前，不可次郎就開槍了。

由於在說到「總之」時就已經開火，所以蓮又再次想提倡不可次郎是超能力者的說法了。

「砲擊！」

大衛與ＭＭＴＭ眾成員的注意力雖然被從我方旁邊4公尺處登場的幽靈，以及衛星掃描接收器上過多的文章所吸引，但是──

聽見可愛的發砲聲，還是會注意到從天而降的彈道預測線。

那是不可次郎做出的超高拋物線榴彈攻擊。如果是電漿榴彈的話呢？

原本想再次做出對空射擊命令的大衛，腦袋裡閃過一個小時前曾聽蓮說過的台詞。

「全部是普通的彈頭！」

沒錯，在磚瓦豪宅被轟飛之前，蓮說過不可次郎擁有的電漿榴彈是12發。這是非常重要的情報。

如此一來，依照她的性格，剛才應該全部發射光了才對。然後也全部在空中爆炸了。沒有任何人死亡的話，彈藥應該就不會復活。

「了解！」

伙伴們也了解這一點，於是採取以最低限度的移動來躲避彈道預測線的手段。普通彈頭的話，著彈後的殺傷半徑最多就只有5公尺。拉開超過5公尺的距離並且趴下的話，應該暫時就安全了。

大衛稍微瞄了右邊一眼，下次想一起喝飲料的對象——不對，是碧碧跟她的伙伴們也採取了同樣的行動。

變成鬼魂的TomTom與Sinohara就在近處，不過因為無法靠近到3公尺之內，所以只能遠遠地圍著他們。

似乎想向碧碧傳達訊息，兩個人正朝著地面做些什麼。但意思可能尚未傳達出去吧，這時碧碧也露出困惑的表情。

「隊長，怎麼辦？」

健太代表整支小隊如此問道。

「機會來了！」

結果大衛立刻下了決定。把左手放到耳朵上，切斷跟碧碧的通訊頻道後……

「趁現在幹掉蓮她們！從左邊繞過去。」

這時大衛的腦海裡浮現出先行將蓮她們全滅，不幹掉下不可次郎讓她苟延殘喘，接著再將她趕到ＺＥＭＡＬ等人面前的計畫。

這或許是很困難的作戰，但他認為我方經過不斷鑽研的五個人應該辦得到。

然後如此一來，碧碧就會感謝自己，大大提升在她心裡的印象。

也就是能贏得芳心。

真是完美的作戰。

他的歪念完全被部下們識破了。

雖然識破，但他們還是想促成隊長跟碧碧的戀情，順利成功的話會很有趣，失敗的話也同樣很有意思──就在這樣的打算下一口答應下來。

變成鬼魂的勒克斯似乎很慌張，太陽眼鏡底下露出憂愁的表情，但是大衛沒有辦法看見。

「大衛，暫時撤退來重整態勢。」

Sinohara跟TomTom從背後取出機槍的子彈來排出文字，成功地把想傳達給碧碧知道的事情傳達出去了。

「就這樣攻擊的話不太好──大衛？」

碧碧好心地做出了警告，但是已經無法傳進大衛的耳裡了。

ＭＭＴＭ的五個人全力繞向左側並且朝著石頭山移動。飛過來的6發槍榴彈不斷在沒有任何人的地方炸裂。

ＭＭＴＭ的眾人一邊掩護彼此視線，或者是射線的死角，一邊展現他們拿手的進擊。流暢地從這個街壘到下個街壘，一個人在移動時其他伙伴就提供支援，可以說是行雲流水一般的隊形。

雖然是蓮她們從街壘後面出來就能立刻反擊的態勢，但是對方沒有開槍。

就這樣穿越最後的街壘，最後只剩下20公尺的空間。

傑克什麼都沒說只是縮起身體，拿著ＨＫ２１進入支援態勢，其他人則準備展開突擊，就在這個時候——

「上啊——！」

Pitohui做出了命令。

ＭＭＴＭ最前頭的健太原本想跑過這剩餘20公尺的距離……

「咦？」

結果被雙手拿著露出藍白色劍刃的光劍，朝著自己衝過來的黑衣女嚇破了膽。

「這傢伙！」

於是稍微放慢腳步，以G36K開槍，結果子彈全部穿透露出奸笑的Pitohui。

他旁邊的賽門看見將M14．EBR朝向這邊的綠衣壯漢……

「嗚！」

果然還是開槍。SCAR—L發射出去的子彈依然是穿透M的身體。

「啊……」

「糟糕。」

兩個人同時注意到了。

自己被鬼魂給「蒙蔽」了。

「開槍！」

這個時間點從石頭山上面出現的老大、安娜與冬馬三個人，開始以VSS與德拉古諾夫狙擊槍全力射擊。

目標是現在放慢腳步的兩名MMTM成員。由於兩人對蓮她們衝過去，所以側面完全放

空。變成絕佳的槍靶。

看著兩名伙伴被射穿的模樣……

「嗚！」

待在後面一點的波魯特便獨自繼續突擊行動。因為現在停下腳步或者轉身反而更容易中彈。

他的手上拿著貝瑞塔「APX」9毫米口徑手槍。因為ARX160突擊步槍被克拉倫斯弄壞了。

已經識破那群傢伙的作戰了。不會再被鬼魂蒙蔽了雙眼。

由於這個位置容易遭到SHINC的攻擊，所以打算藉由突擊進入石頭山後方並且襲擊蓮她們。

面對迫近到眼前10公尺的Pitohui與M，賽門斷然以巨大身體做出衝撞般的行動來展開突擊。

接著當距離接近到剩下4公尺時，兩人的動作就不自然地停止，到了3公尺時就被彈飛出去。

自己周圍的空氣變成像皮球般具備強大的反彈力。

Pitohui跟M整整被彈飛5公尺，被彈向左側的M差點就要城中央掉下去。

「鬼魂沒什麼好——」

沒辦法把「怕」字說完。

因為兩個鬼魂後面放了一個像是顛倒放置的大型垃圾桶般物體，其底部的些許縫隙有兩個地方發出亮光的緣故。

接著就什麼都看不見了。

賽門到了事後才知道，那是不可次郎的其他裝備——垃圾桶偽裝型兩人座人力行駛裝甲車輛，又稱做PM號，以及蓮從上蓋的縫隙用Vorpal Bunny×2同時開槍，45口徑手槍子彈擊中自己雙眼等事情。

「別開玩笑了！」

傑克的HK21帶著伙伴遭殺害的怒氣發出吼聲。

符合其德國製的極快速運作，7.62毫米×51毫米NATO彈就擊打著垃圾桶。

被所有發射的子彈擊中的垃圾桶，把它們全都彈回來。

「什！跟M的盾牌一樣嗎！」

馬上注意到這件事的傑克，依然沒有停止射擊。只要繼續快速射擊，對方應該就沒辦法從縫隙露出臉來。

但這也是讓其他方向出現空隙的行為。

在可能被大衛或者ＺＥＭＡＬ擊中的覺悟下從石頭山上下來的老大，繞到傑克的右側，無聲地以ＶＳＳ賞給他的頭部經過瞄準後的一擊。

ＺＥＭＡＬ沒有開槍。

伙伴紛紛死亡的瞬間，大衛停下腳步，以右手緊握住ＳＴＭ─５５６的彈匣。它的前面有安裝於槍身下的槍榴彈發射器的扳機。

不論那個奇怪的箱子有多堅固，直接被槍榴彈轟中的話應該還是會翻倒。等它翻倒後再開槍射擊就可以了。

下一個瞬間，大衛感覺世界變暗了。

「啊？」

不對，世界是真的變暗了。

大衛視界的死角，從斜後方群聚在一起逼近的五十隻鬼魂，繞到了大衛前面，而且還從左右與後方靠近到接近界限的４公尺，把他團團包圍住了。

而且擺出列陣爭球姿勢的男人們上面還站著其他男人，然後繼續疊了一層。疊起的羅漢就這樣朝著大衛倒下。

平常的話這就只是在大衛的近處倒下的行動，但是鬼魂的規則阻止了他們。

也就是……

「靠近生存者4公尺以內的話，鬼魂的動作就會因為光彈防護罩而變慢以及遭到阻礙。」

從疊起的羅漢上層倒下的眾鬼魂，在以大衛為中心的半徑4公尺處，像要把他包覆起來般靜止在半空中。

實際上仍然在往下倒。但動作相當緩慢，而且越靠近就變得越慢，才會看起來簡直像要把他包覆起來般停留在半空中。

雖然是物理上來說不可能出現的光景，但依照鬼魂規則的話，也只能變成這樣了。

大衛即使被鬼魂包圍住……

「那又怎麼樣！」

但對方最多也只能對自己這麼做。只不過是暫時阻礙視界。無法讓自己受到傷害。

只是看不見的話就無法用槍榴彈攻擊……

「讓開！」

大衛迅速往前進。距離剩下3公尺的瞬間，成為疊羅漢底層以及上面的鬼魂們就整個被彈飛了。

就在世界變明亮的瞬間。

一顆小西瓜滾到自己的眼前。

不對，只是大小與外型像是西瓜，實際上是大型電漿手榴彈……

「怎麼辦到的……？」

大衛抬起臉來露出疑惑的表情，明明石頭山與垃圾桶都距離自己30公尺才對。戰場上竟然還殘留著臂力足以將這個道具丟過如此遠距離的人。

巨榴彈從大衛右側2公尺處滾過來，在他背後4公尺左右的位置爆炸。

藍色奔流一邊將大衛粉碎……

對於在該處蠢動的大量鬼魂，最多就只有感到刺眼的影響。

承受過巨榴彈的爆風後，蓮悄悄地從PM號探出頭來……

「太厲害了！把MMTM……全滅了！」

看見五個「Dead」標籤發亮的光景便以感嘆的口氣這麼說道。

由於巨榴彈的爆炸連同街壘也一起吹飛了，所以該處只剩下一片平坦的土地。散布著五個剛剛出現的屍體與標籤。

「老大，沒事吧？」

蓮擔心從左側獨自展開突擊老大……

「我沒事！ZEMAL似乎撤退了。我來警戒周圍！」

結果得到讓人鬆口氣的答案。

雖然形式上是ZEMAL逃走了，但也沒有互相對戰並且確實獲勝了的自信，所以這已經算是最佳的結果。這樣就能重新來過了。

接著蓮便……

「不可！踢得好！太優秀了！」

回答了大衛「是如何讓又大又重的巨榴彈移動30公尺呢？」的疑問。

不可次郎以經過鍛鍊的強健腳力，從PM號的底部把啟動計時器的巨榴彈踢出去。

就算是無法投擲的球，用踢的就另當別論了。腳的力量是手臂的三～五倍。

被踢出去的巨榴彈在平坦的地面滾動，雖然有些誤差，但還是完成了給大衛的傳球。被鬼魂奪走視界的大衛，在最後一刻都沒能看到巨榴彈。

得到褒獎的不可次郎……

「沒什麼啦。其實我用其他帳號玩了一下完全潛行的足球喲。」

「妳玩了多少遊戲啊！」

「運動很棒喲。」

「不愧是前網球社社員！」

「蓮要不要來玩？現在很流行可以變成蟲類虛擬角色的遊戲喲。」

「運動到哪去了？」

「哎呀，總之都是託鬼魂的福。」

「說得也是。」

蓮從ＰＭ號探出頭後，就對著在四周圍閒晃的鬼魂……

點頭致意。

低頭的樣子甚是可愛。

鬼魂們則是回以極複雜心境的笑容。

數十分鐘前。

「各位！仔細聽我說！Attention please！」

在鬼魂待機處的墓地裡，Pitohui大聲這麼說道。

該處是裝潢跟格洛肯的酒場一模一樣的空間。

也就是檔案的沿用。根本無法分辨出不同之處，一個恍神可能就搞不清楚究竟是在哪個地方了。在設置於同樣位置的螢幕裡面，蓮她們正在迷宮裡拖拖拉拉的時候。

Pitohui在ＳＪ裡是相當有名的玩家，所以幾乎所有男性都把目光放在她身上。

這些人裡面，有人在過去的ＳＪ裡被Pitohui痛宰，也有人被用力痛宰，更有人被大宰特宰，但那是另外一回事。現在還懷恨也無濟於事。要有運動家精神。

反正在酒場裡也無法攻擊，而且就算可以攻擊也不保證能獲勝。

「各位！都陣亡了對吧！真是遺憾！」

「耶～！」

除了附和的聲音之外……

「妳自己也是吧！」

也有這種樂在其中的聲音傳回來。

陣亡的眾人裡面，應該沒有人會預料到Pitohui在這個時間點就喪命了吧。

「哎呀！我也會有這種時候啊！好了，先別管這個——」

咧嘴扭曲著臉上的刺青，Pitohui開始說出主題。

「沒能獲得1億點數，或者可以說是一百萬日幣！真是可惜！」

男人們就像被箭刺中一樣。

「吵死了！」

「妳真的這麼想嗎！」

傳回了這樣的聲音。

「然後呢，俗話說凡事皆可商量。小隊全滅的各位，或者是隊友不太可能存活到剩下最後十七人的各位！不覺得懊悔嗎？賞金可能會被別人拿走喲？」

男人們的眼睛發出亮光。

他們的眼神都訴說著「怎麼可能不懊悔呢！」。

「這樣的話，成為鬼魂後就無視小家子氣的賺點數活動，全力輔助小蓮比較好吧？想要1億點數就這麼輕易地被別人奪走嗎？讓小蓮活著獲得優勝的話，就能讓包含小蓮在內的所有人都無法贏得獎金了！」

男人們的喉嚨發出咕嘟一聲。

「嗯，當然是無法強迫大家啦！」

這就是完成事前疏通的瞬間。

「Pito小姐的想法真是恐怖。」

Pitohui就算死了也還是Pitohui。

蓮雖然感到又傻眼又恐懼，但同時也很感謝她。

「如果Pito小姐沒有先死掉的話……剛才我就被幹掉了。」

蓮遠遠看著勒克斯的鬼魂現在正遭受悲慘的對待。

Pitohui跟M的鬼魂，以及被Pitohui煽動的鬼魂們一起向他發動襲擊。

雖然看不見鬼魂發出的彈道預測線，但稍微可以目擊發射出去的曳光彈。

M毫不留情地全力開火的ＭＧ５，變成光線後命中勒克斯的長狙擊槍把它破壞掉了。

雖然不清楚鬼魂失去武器時會有什麼樣的下場，不過現在也只能希望道具不會就此消失了。因為那把步槍看起來很貴。

「可惡啊————！」

勒克斯抱怨的聲音響徹整座戰場。

當然就只有周圍的鬼魂聽得見，也只有周圍的鬼魂能夠做出回應。

「別怪我們。」

「雖然跟你沒有什麼過節。」

「不，我稍微有一點。ＳＪ２時被痛宰了。」

「ＳＪ３時被他用小刀砍了。」

「那就幹掉他吧。」

周圍的鬼魂們重複著不斷交互輪替來開槍的毒辣攻擊。

他們是「守財奴」。

這群傢伙無法忍受除了自己之外的任何人拿走1億點數。

因此攻擊的對象是與蓮敵對的隊伍。

由於MMTM已經潰滅，所以老實說根本沒有攻擊勒克斯的理由，但他們的思考相當簡單，就是要盡可能排除可能會阻礙到蓮的傢伙。

雖然受到Pitohui與M以及「守財奴」的連續槍擊而滿身瘡痍，但勒克斯仍然以鬼魂的身分活著。

怎麼說HP都設定為十倍，因此很難死亡。想死也死不了。

身體各處被子彈擊中，明明是鬼魂卻跟活著的時候一樣疼痛，卻又無法死亡只能繼續中彈的悲慘狀況。

「嘎！」

勒克斯的腦門被一發步槍子彈射穿。一般來說是立即死亡的狀況，但現在HP只減少一成左右。

FD338狙擊槍被擊中而損毀，看起來是可以修理，但現在無法使用了。

雖然從槍套裡抽出貝瑞塔APX手槍來連射，但是大量從周圍迫近，HP十倍的鬼魂們不可能因為這樣就死亡。

鬼魂們無情地一邊開槍一邊從周圍逼近，雖然也有被流彈波及的鬼魂，但根本不在意這種事情。

「我恨你，贊助商作家！看我變成鬼詛咒你！」

勒克斯這麼大叫。等等，你早就已經死了。

結果被五十個人以上追逐、包圍並且不斷遭到槍擊，十倍的HP也全被奪走……

「可惡啊啊啊啊啊啊！」

勒克斯迎接悲慘升天的命運。

「謝謝。你們兩個自由行動吧。」

雖然TomTom跟Sinohara應該聽不見碧碧所說的話，但兩名鬼魂還是露出燦爛笑容並且離開。

以他們兩個人的個性來看，應該是會對著其他鬼魂射擊直到子彈用光為止吧。必須命中比平常多出十倍的子彈敵人才會升天，等等，聽起來好有趣喔。

ＺＥＭＡＬ的四個人之所以能得救，是因為他們兩個人告知繼續待在那裡很危險的緣故。

由於兩人聽見了Pitohui打著什麼算盤，所以一登場就立刻用子彈排成文字來警告碧碧。

「快　點　逃」。

看見這幾個字的碧碧，立刻做出往南邊退後的決定。

遺憾的是雖然對大衛做出警告，他們卻沒能得救。碧碧搞不清楚原因。

完全無法發現是大衛因為對自己的好感而想展現帥氣的一面，而他的小隊也很開心地跟他一起逞強。

蓮她們打倒ＭＭＴＭ後終於能喘一口氣了。

一看時間發現剛好是十五點。如此一來，已經在沒有休息的情況下戰鬥了將近十分鐘。

到了快兩個小時的現在，有些人會因為完全潛行造成的疲憊而能力降低，最糟的情況是AmuSphere的安全裝置產生作用而將玩家強制登出，不知道是幸運還是不幸，蓮已經因為至今為止的ＳＪ而習慣這種情況。至少在遊戲時完全沒有問題。結束後很可能會頭痛就是了。

蓮依然待在ＰＭ號裡頭，跟不可次郎進行著第二武裝的交換操作。ＰＭ號瞬間消失，不可次郎恢復成用雙手射擊ＭＧＬ—１４０的狀態。

蓮把Vorpal Bunny收回槍套裡，然後將再次裝填子彈用的背包實體化。

這個背包在ＰＭ號裡面很礙事。不過要用Ｐ９０射擊也很麻煩。

ＰＭ號的唯一弱點就是蓮的火力會受到限制。

「不可。電漿榴彈復活了嗎？」

蓮提出了在意的問題。

由於剛才以巨榴彈踢擊幹掉了大衛，如果能回復80％的彈藥再次擁有電漿榴彈就好了。

但是……

「沒有。因為原本就沒有低於80％了。」

「這樣啊……」

那就沒辦法了。因為不可次郎充分利用筋力值，攜帶了大量槍榴彈的緣故。

「蓮妳們就待在那裡。ＺＥＭＡＬ由我們——實在沒辦法說出『由我們來搞定』，不過至少能減少一些人！」

老大做出這樣的發言，然後就帶領存活下來的安娜與冬馬，以及另外兩名鬼魂準備開始進擊。

蓮立刻表示：

「別～這～樣！接下來要一起戰鬥！」

對著極有男子氣概的背部大叫來讓老大停下腳步。

為了保護我方而讓羅莎犧牲自己性命的老大，已經足夠償還M那件事的人情了。

「唔……那在剩下最後兩支隊伍前，就這麼做吧。」

「就是說啊！在一個人都不能少的情況下，一起打倒ZEMAL吧！到了那個時候再來全力對戰！」

「唔嗯，求之不得。但是該如何進攻呢？雖然不清楚那群傢伙還剩下幾個人，不過比火力的話是我們居下風。」

老大說得沒錯。

不清楚除了Sinohara還有沒有人陣亡，不過碧碧應該沒死吧。

該如何打倒那群火力瘋子呢，應該說能辦得到嗎？

就算蓮能夠高速逃竄，但是受到複數人以機關槍連射的話，也不覺得能逃得過子彈。

另外已經沒有足以跟蓮組成搭檔的高速角色。最重要的是，現在的蓮已經沒有P90。

幸好我方還有不可次郎這個另一種層面的火力瘋子，希望能把她當成攻擊的王牌。

自己當成誘餌，在老大她們的狙擊輔助下能把敵人逼入絕境嗎？不，應該很難吧……

在高速運轉腦袋思考的蓮前方5公尺處，有一個不認識的鬼魂正在揮手。是想要獲得矚目吧？

除了剛才的成員外又聚集了更多的人。

一口氣增加到大約八十個人左右了吧？

也就是說將近半數的鬼魂都信了Pitohui的鬼話——被Pitohui的火熱的心意打動而聚集到蓮這一邊。頭上的G字已經晃動到讓人有點煩躁了。

雖然很感謝他們的輔助，但現在沒空理他們所以就先當成沒看見。繼續思考作戰。

老大她們已經沒有副武裝，應該說失去了交換的對象，所以武裝無法變化。只能以目前擁有的武器戰鬥。幸好老大還有五顆左右的巨榴彈——

鬼魂聚集在蓮的周圍，再次笑著對她揮手。老實說真的只會阻礙人集中精神。

「吵死了～！」

蓮開始全力衝刺。

往二十個人左右的鬼魂群衝去，結果所有人都因為3公尺以內NG的規則而被彈飛到遠方。

被彈飛的鬼魂們在被彈飛出去的地點露出笑容……

「太好玩了再來一次！」

像要如此表示般再次靠近到極限的距離，於是蓮決定先無視他們的存在。又不是在跟狗玩丟球的遊戲。

「蓮啊，那個不是很不錯嗎？」

不可次郎丟出這麼一句話。

「哪個？」

蓮如此反問。

當蓮她們在舉行作戰會議時……

「救救我們！救救女神大人！」

ZEMAL的兩名鬼魂也舉行要稱為作戰會議其實相當可疑的作戰會議。

暫時離開碧碧身邊的TomTom跟Sinohara，一邊朝周圍的天空瘋狂射擊，一邊聚集鬼魂並且跟他們搭話。

雖然這實在不是向人搭話的態度，但鬼魂們也覺得聽他們要說些什麼總比互相戰鬥到死要好，於是便聚集到兩人的身邊。

從戰場的南半邊聚集過來的鬼魂數量很輕易就超過七十人。現在仍然在聚集當中。

或許他們只是想近距離觀看兩人的美女伙伴碧碧，不過就先別管這個了。

「我們的女神大人跟伙伴——」

最後Sinohara開始對聚集過來的鬼魂們發表自己的想法。看來他具備除了子彈之外的溝通手段。

「接下來要打倒粉紅色小不點與她的聯合小隊！諸位鬼魂，接下來想做什麼？難得變成鬼魂參戰了，真的覺得尋找小家子氣的寶藏，或者鬼魂之間為了爭奪它們而互相攻擊會好玩嗎？不，一點都不好玩！因為會不斷被擊中卻又很難死亡的緣故！」

用手肘把一開始演說就脫離主題的Sinohara頂開後，TomTom……

「但是各位，要不要來一場達成感比這些都更強烈的戰鬥呢！具體來說就是跟在我們後面來對付粉紅色小不點！對方有被Pitohui那個壞女人誆騙的眾鬼魂！就算無法打倒生存者，還是可以屠殺敵方鬼魂，形成視覺上的障礙來支援我們的女神！」

進行了更加有說服力的演講。

「好！算我一份！總比變成鬼之後只賺些小錢，或者連小錢都不賺只是閒晃要好多了！」

「沒錯！1億點數什麼的根本不重要。我只想打一場有目標的仗啊！」

由於出現兩名大聲表示同意的人，周圍的數名男性便產生「真拿你們沒辦法」的感想，最後這樣的感想就傳播出去，讓所有人籠罩在贊成的氛圍當中。

不能說的祕密是，一開始出聲的這兩個人，TomTom剛才在酒場就已經先買通他們了。

順帶一提，酬勞是ZEMAL的祕密獵場，該處有很高機率會掉落機關槍。

另外，他從沒說過能夠簡單獲得。

聚集到我方陣營的眾男人之中……

「我是鬼！無賴的鬼！我開口要脅就能呼風喚雨！」

也能看到興奮地進行轉播的實況玩家賽因的身影。

「人家說留得青山在不怕沒柴燒對吧？那就讓他們看看這座山還有多少柴吧！我想以鬼魂的視線來進行實況！雖然對於砍掉我頭的蓮沒有任何怨恨，但我要努力加入這邊的勢力給大家呈現我的Ｓｈｏｗ！」

看來他相當怨恨蓮。

十五點五分。

雙方陣營的戰略，或者是戰術，又或者是暫時統整完畢的作戰似乎都決定下來了……

「哦哦，開始行動了！」

酒場的畫面映照出一大群鬼魂展開突擊的模樣。

ＳＪ５唯一殘留的直徑２公里的圓形戰場。

其北側有一群鬼魂朝向南側展開突擊。

「很好，上吧！」

大約有八十名鬼魂選擇加入蓮陣營，這時站在他們前頭的當然是Pitohui。

左手拿著KTR—09，右手高舉伸出藍白劍刃的光劍，搶先跑在眾人前面。

那種模樣讓人聯想起在歷史課曾經看到過的，領導民眾展開突擊的女性繪畫。不過當然沒有露出胸部就是了。

各式各樣裝備與服裝的男人們，像是要表示哪能被丟下般緊跟在後面。

Pitohui對著天空大叫：

「嘿嘿！在遠處的傢伙給我豎起耳朵聽好，在近處的傢伙也給我瞪大眼睛看仔細了！我們正是『絕對不把1億點數交給別人的伙伴們』！簡稱『Pitohui軍』！」

現在沒有人可以吐嘈究竟是如何才能變成這樣的簡稱。

「唔喔喔喔！」

「要上啦——！」

「絕不讓任何人變富有！」

「沒錯沒錯！大家都不幸的話就沒什麼好怕的了！」

因為所有人正都發出興奮的吼叫並且展開突擊。沒關係，只要有趣什麼都可以啦。

Pitohui軍的集團裡看不見M的身影。

至於他在哪裡嘛，其實他爬上剛才勒克斯藏身的高塔，在那裡架起全長2公尺的怪物槍

——Alligator反器材步槍。

如果是這把有效射程2000公尺以上的槍械，就可以瞄準戰場上的任何地方。

「Pito，就這樣往南前進。對方是九十人規模。剩下300公尺。」

「OK！」

以鬼魂也能使用的通訊道具對Pitohui做出指示……

流暢地閃過阻擋在前進方向的街壘，Pitohui軍展開怒濤般的進擊。

因為腳程速度的差異而形成箭頭狀陣形的一群人，就這樣筆直地朝對手撞過去。

「『敵軍』衝過來了！待在這裡迎擊吧！」

TomTom對伙伴們做出指示。

從街壘的縫隙看到敵方鬼魂軍團迫近，我方便緊緊肩併著肩擺出了迎擊態勢。與其背向對方逃走，倒不如在此瘋狂射擊抵禦對方的進攻。

「在這裡撐住戰線！」

Sinohara也如此號令。

「想要我們的機槍，就過來搶搶看啊！」

TomTom說出了英勇的發言。雖然沒有人說想要就是了。

九十人左右的鬼魂橫向擴散開來。

然後肩併著肩的眾人自然就開始擺出臥射、坐射、立射姿勢，藉此給予敵人最大的火力攻擊。

「現在做好戰鬥的準備了！」

賽因獨自在隊列前面搖搖晃晃地走動並且攝影。

「就像是迎擊武田騎馬軍團的長篠之戰一樣！織田信長、德川家康聯軍！哦哦，耶！也就是說我們贏定了！我們的團結堅不可破！」

看著不時跳起舞的賽因……

「欸，可以射那個傢伙嗎？」

其中一名鬼魂這麼問道，結果得到「之後再說」的回答。

隊列的最尾端站著TomTom與Sinohara這對以7.62毫米機槍瘋狂發射將近800發子彈的搭檔。

完成陣形了。

「哎呀，開戰了呢！」

酒場裡的眾人當然興奮不已。

像是日本的戰國時代，或者中世紀歐洲的騎馬戰，總之就是ＧＧＯ裡無法看見的集團戰鬥。

來自上空的影像映照出一個集團即將衝撞橫向散開的另一個集團。距離剩下２００公尺左右。

「這樣是哪邊比較有利？」

某個人提出了疑問……

「一般來看是散開來等待敵人的那一邊占上風。」

結果首先得到這種正統的意見。

快速展開突擊的陣營只有站在前頭的成員，或者是群體外圍的成員才能開槍，但防衛陣營則是所有人都能攻擊。

但這次是特殊規則。

「ＨＰ十倍的話，就算被擊中也不會輕易死亡吧？等等——不是死亡而是升天嗎？」

「是啊。所以突擊方就算多少被擊中幾次，也只要忍耐疼痛繼續奔跑，就能在防衛方這邊開出一個洞吧？」

剩下150公尺。

由於層層疊疊的街壘形成阻礙，雙方到現在都還沒有人開槍。

「這樣要是突擊方突破中央防線會怎麼樣？前方就是碧碧他們了喔。」

畫面分成兩邊。

排成橫列的「碧碧軍」中央附近，大約往後10公尺左右的位置，ZEMAL的四個人就在那裡。大概間隔了6公尺的距離橫向散開，兩個人警戒前方的左右，另外兩個人則警戒後方的左右。也就是四周警戒。

「完全不會怎麼樣喔。鬼魂無法攻擊生存者吧。」

「哈哈，我知道了。碧碧他們就是看準這一點。」

「什麼意思？」

剩下100公尺。

「即使突擊方快速衝破防衛陣，該處還有四名生存者的話會怎麼樣？」

「啊！我知道了！會被彈回去！」

「正是如此。這就是防衛陣與生存者的雙重防衛線。我方的鬼魂只要把彈回來的敵人打倒就可以了。」

「原來如此……」

剩下50公尺。

防衛方開始開槍了。

「唔喔喔喔喔喔！」

「嘿啊啊啊啊啊啊！」

TomTom與Sinohara等極度熱情的男人發出極度熱情的吼叫，而且還加上了機關槍的槍聲。

防禦方從左右兩端開始夾擊朝中央迫近的軍團。

九十名鬼魂同時開始開槍。

世界瞬間變得吵雜不堪。槍聲的來源實在太多，「轟」的聲音聽起來就像是完全沒有止歇的強風。

「○裡×穿△了……！別○了×　啊！」

躲到對列後方的賽因似乎大叫了些什麼，但其他人根本聽不見。

發射出去的數百發子彈，朝著形成直向長陣形逼近的群鬼降下。

打前鋒的Pitohui當然被大量的子彈擊中……

「嗚哇哈哈哈！好痛啊——————！」

身體上全是中彈特效的亮光。

即使如此，距離十倍的傷害還是相當遙遠，Pitohui依然繼續跑著。同一時間還只用一隻左手拿著KTR—09一陣亂射。

跟在她身後的男人們也大致一樣。一邊全速奔跑，一邊以自身最大火力的武器瘋狂開火。

由於Pitohui軍幾乎是朝防衛陣的中央衝去，因此受到左右兩邊毫不留情地射擊。但就算是這樣仍然不會輕易死亡，既然不會死，那就還能跑。

最重要的是，子彈無法輕易擊中待在突擊方內側的鬼魂。

「切換！」

「沒辦法了。」

這也是Pitohui制定的作戰。外側與內側定期互換來輪流負起防衛的責任。

雖然子彈也擊中周圍的街壘，但因為是來自鬼魂的射擊，所以沒有任何變化。只能知道子彈被擋下來了。

突擊方邊跑邊不斷射擊，許多子彈擊中防御方靜靜待在現場開槍的男人們，但他們也撐了下來。距離升天仍相當遙遠。

結果槍戰時完全想像不到的狀況就這麼持續著，Pitohui軍不斷朝著碧碧軍的防禦陣迫近。

剩下30公尺。

「呀哈哈哈哈！」

面對笑著進逼的Pitohui……

「幹掉那個傢伙！」

某個男人停止槍擊，準備投擲電漿手榴彈。

其實是想用槍射擊，電漿手榴彈的話有可能會連自己都被波及，所以不太願意投擲，但實在沒有別的辦法。

男人從腰包裡取出灰色球體，準備按下啟動鍵的瞬間——

男人的上半身就跟下半身就分離開來，倒到大約1公尺外的地方。

「發……發生什麼事了……？」

男人搞不清楚狀況。

其實他是被距離400公尺外的M以無彈道預測線的方式狙擊了。

腹部遭到反器材步槍的子彈直接轟中，身體當然會斷裂成兩半。

一般來說這是會立即死亡的情況，不過因為是鬼魂……

「哦哦？」

上半身與下半身像是磁鐵般互相吸引並且開始移動，看起來像多邊形網格的切斷面結合起來，虛擬角色的皮膚與服裝恢復原狀。

大概減少了可以活三次的ＨＰ量。原本拿在手上的電漿手榴彈則不知道到哪裡去了。

「呀哈啊！」

擔任突擊前鋒的Pitohui抵達防禦陣，揮舞著左手的光劍發出吼叫聲……

「可惡啊啊啊啊！」

某個即使如此還是一步都沒有退後，只是拿著Ｍ４Ａ１突擊步槍射擊的男人……

「讓開。」

「咕噗！」

就這麼被她踢飛了。

搶身衝入敵營的Pitohui要做的只有一件事。

豪邁地把彈鼓射光的愛槍ＫＴＲ—０９丟向某個人後，那個傢伙就被擊中顏面並且往後翻倒。同時右手也拔出光劍，以二刀流在敵人集團當中肆虐。

雖然只是邊跑邊不停轉動手臂，但可以砍斷任何東西的光劍還是具備絕大的威力，有人雙手被砍中，就算沒有切斷槍械也掉落到地上，接著便遭到Pitohui軍的大量槍擊，也有人腳被砍中而翻倒——之後遭到同樣的命運。

「呀哈——！」

真的完全依照慾望行事的Pitohui，終於給予某個人足以死亡十次的傷害，只見那個傢伙變成光粒消失了。

「歡迎前往天國！」

當然存在許多想要射擊Pitohui的男人，但是全被M依照危險程度一一用狙擊轟飛，所以Pitohui仍是元氣十足。

「哇哈哈哈哈哈！」

拿著槍的男人們開始對笑著暴動的危險女性感到害怕。膽怯的男人們就這樣不斷被Pitohui軍後續的兵力擊中。

「竟然有如此Joy的亂戰！時代總是不停地變成亂世！衝入敵營的二刀流！這也就是她的作風！」

在旁邊感到興奮不已的賽因……

「接下來換你了嗎！」

「No！」

隨即遭到Pitohui大卸四塊。然後又繼續襲擊下一個獵物。

由於仍未升天，所以再次結合的賽因……

「鬼魂的復活有種無從比喻的不可思議感覺。不過真的很有趣。要是ＧＧＯ把它加入成為通常的模式，應該會有許多感到高興的玩家吧？以上就是賽因來自現場的報導。」

「可惡啊啊！」

發出吼叫的是TomTom。

他改變槍口的方向，對準Pitohui正大肆將眾伙伴砍成好幾塊的地方，然後以ＦＮ・ＭＡＧ開始連射。

飛過去的子彈有幾顆擊中Pitohui。

「哦！好痛好痛好痛！」

雖然讓她感受到一定程度的疼痛，但是有更多的子彈……

「喂喂笨蛋，是自己人！」

「這個笨機槍腦！」

「好痛好痛好痛！」

也同樣不斷擊中自己的軍團，阻礙了他們的行動與攻擊。

在這樣的情況中，跟Pitohui一起跑在前面，在Pitohui軍裡算是特別熱情的男人們……

「嘿呀啊啊啊啊！」

「幹掉他們——！」

一來到防衛陣線就立刻朝左右散開，開始進行肉搏戰。

有人以戰鬥小刀砍劈，具備刺刀者則以刺刀展開突擊。另外也有人切換成手槍，開始享受起近距離戰鬥。

「可惡啊！」

「哪能輸啊啊啊！」

防衛方也是一定程度的熱血戰鬥狂——不對，是優秀的ＧＧＯ玩家，所以不會認輸。就算離開自己負責的區域，還是衝進肉搏戰的戰場之中。

現場已經是一片混亂。

由於是中槍也很難喪命的戰鬥，所以可以毫不手軟地瘋狂攻擊。

因為敵我雙方沒有明確的區別方式，因此也有搞不太清楚狀況就直接攻擊的人，不過這也是沒辦法的事。

然後不清楚是不是可以稱為Pitohui的本體，總之就是集團最厚的部分湧至亂戰中的現場，直接突破了防衛陣。

「突破了！要上嘍！」

突破防線的Pitohui等人沒有放慢腳步……

「碧碧！納命來！」

直接朝著ZEMAL的隊長逼近。

酒場內的男人們看見了。

漂亮突破防線的一群人往ZEMAL的生存者聚集的模樣。

然後感到傻眼。

「等等，就說——」

「衝過去有什麼用？」

在某人的呢喃之中，所有觀眾都預測到的光景出現了。

四名生還者身邊早有透明防護罩。並非擁有這樣的道具或者肌膚，而是設定上本來就是這樣……

「唉……」

快速衝進3公尺以內展開突擊的Pitohui等人，突然就遭到減速。即使如此還是持續被從後面殺到的鬼魂推擠所以更加接近，最後觸碰到生存者的防護罩，連續被彈飛出去。

不斷地殺到又不斷被彈飛到天空中。

「哎～呀～……」

正當Pitohui很開心般於空中前進時，在她旋轉的視界當中看見了。

我方的集團形成黑色群體往ＺＥＭＡＬ突擊，然後遭到彈飛的模樣。

接著又看見從那個集團最後面逼近的傢伙。

「為什麼要這麼做……？」

碧碧沒有開任何一槍只是看著。

敵方鬼魂毫無意義地往自己以及前方、左前方、左邊的三個伙伴發動突擊。真是名符其實的蜂擁而至。接著就被彈飛到空中。

裡面也有被彈飛到空中後，掉下來的地方又有另一名生還者，所以掉落的速度變得緩慢，最後再次被吹飛這種陷入彈簧床狀態的人。看起來似乎很有趣。

碧碧的視界全被帶著G符號，看起來有些模糊的鬼魂們覆蓋住了，當鬼魂被彈到空中就又會有另一個鬼魂隨後湧至——

簡直就像是行駛中的車子遭大量的雪襲擊擋風玻璃一般。當然碧碧完全沒有變濕。

這是完全沒有意義的行動。

如果是認為被生存者吹飛是很有趣的活動才這麼做也就算了，但為了幫助蓮而想打倒敵方陣營鬼魂的話，現在根本沒有時間理會碧碧等人才對。

既然成功突破了，就應該往左右散開來將碧碧軍各個擊破。

但他們沒有這麼做而是不斷被吹飛，所以重整態勢的碧碧軍便從後面對他們射擊。

TomTom跟Sinohara等人毫無顧忌地大量開火，讓Pitohui軍的鬼魂一點一點減少。

即使如此，對於生存者的突擊還是沒有停止。

「究竟是為了什麼……？」

「要衝嘍快點抓緊！」

駕駛的不可次郎這麼大叫。

當Pitohui軍的集團迫近碧碧等人，在3公尺的位置被吹飛持續了十秒鐘以上並且逐漸結束時……

「嗚！」

碧碧就看見了。

Pitohui軍後面有一名鬼魂飛上天空的景象。

從稀有的「SG550」突擊步槍可以辨認出那是加入我方的男人。

然後一切就全部連結起來了。

「所有人全力開火！」

這道命令過於緊急與簡潔了。

雖然是非得簡短道出才行的狀況，卻產生讓ZEMAL的成員愣了一下的反效果。

「第一個！」

「哦！」

不可次郎駕駛的PM號一邊彈飛碧碧軍的鬼魂一邊高速逼近。

PM號上附加了輪胎。而且在這種平坦的戰場，就能讓作為動力來源的不可次郎以能使出的最快速度移動。

對命令感到疑惑，忍不住看往碧碧所在方向正是彼得的死因。

PM號像一陣風般經過鼻子上貼著膠布的男人身邊，那個時候，從蓮伸出去的手上往外延伸的光劍劍刃就砍下了他的頭。

「闖進去了。」

聽見來自M的聲音後，十倍的ＨＰ也只剩下個位數的Pitohui便……

「太棒了！」

拿著光劍的手興奮地握拳擺出勝利姿勢。

由不可次郎跟蓮想出來的……

「鬼魂們」。

「我們」。

「突擊」。

「跟在後面」。

由蓮用光劍在石頭上寫下來傳達給Pitohui的作戰——

用ＰＭ號從鬼魂集團後面接近，直接闖進去幹架的點子絲毫不拖泥帶水就決定了下來。

「哇哈哈哈哈哈哈哈！」

碧碧軍的殘存鬼魂朝兩手高舉著光劍的Pitohui殺至，無情地開火……

「吾之生涯，沒有一絲悔恨！」

Pitohui就這麼笑著升天了。

「右四十五度，碧碧！」

「沒問題，我看見了！」

在把蓋子蓋上並一邊觀察的蓮做出指示之前，司機不可次郎已經把方向盤轉往該處。

PM號在現場做出了修改。

也就是降低防彈性能，以確保視界為優先。

為了讓身為駕駛的不可次郎看見前面，在她右眼的位置用光劍開了一個5公分左右的孔。

雖然是防彈性能相當高的鋼板，但是以使出全力的光劍在上面按壓一陣子後，總算完成了加工。

沒有這個開孔的話，就不可能一邊躲避街壘一邊緊跟在鬼魂後面了吧。

雖然最初的一擊是偶然待在附近的彼得，但目標就只有碧碧的頭顱。

無視對奔跑的垃圾桶感到驚訝的休伊與勒克斯，PM號強行對碧碧展開突擊。

「嗚！」

碧碧的RPD輕機槍雖然發出怒吼，但子彈全部被彈開，倒楣的是也沒有子彈飛進視界專用的孔洞……

「吃我這招————！」

不可次郎憤怒的咆哮響徹狹窄的車內，經過鍛鍊的臀大肌放聲大叫。

即使速度被命中的子彈減弱了一些，ＰＭ號還是朝碧碧迫近——

了解射擊沒有用的碧碧，直接往旁邊跳躍來避開攻擊。

雖然躲開了車體對於身軀的直接衝撞，但是傳出金屬互碰的沉悶聲響後，ＲＰＤ就從碧碧手上被彈了出去。由於是用肩帶掛著，所以就吊在身體上。

下一個瞬間，從通過的ＰＭ號裡伸出蓮打開蓋子的手，其前端的劍刃橫掃向碧碧……

「嗚！」

碧碧再次躲開這一擊。反射神經實在太優秀了。

瞄準頭顱的劍刃只掠過她的肩膀與胸口而已。ＨＰ應該幾乎沒有減少。但或許是這一擊充滿蓮的執念吧，只見劍刃將肩帶割斷，ＲＰＤ也掉到了地上。

「可惡失手了！好俊的身手！」

「我就說吧？那傢伙真的很強。肉搏戰才是那傢伙最拿手的喔。」

ＰＭ號乘著一路跑過來的勢頭從碧碧身邊離開。在這樣的情況中，蓮跟不可次郎還稱讚著對手。

「那再次發動攻擊！」

「隨時都可以要衝幾次都沒問題——！」

不可次郎似乎要讓雙腳的靴子底部燃燒起來般將其用力踩向地面，ＰＭ號緊急煞車後一百八十度迴轉。

「嗚哇。」

坐在上面的蓮，這時頭撞上了內裝。

迴轉結束。ＰＭ號再次縮短與碧碧之間大概４公尺左右的距離。

「女神大人！」

「可惡！」

雖然休伊與勒克斯開始射擊，但全部被ＰＭ號花了大錢的裝甲彈開。正所謂預算才是力量。

而兩人的射擊馬上就停止了。理由當然是因為自己的子彈，或者是跳彈會擊中碧碧。

「嘿啊啊！」

不可次郎使出渾身解數展開第二次突擊。

雖然碧碧像是鬥牛士般迅速閃身避開……

「妳這傢伙總是往左邊閃躲！」

但是被猜到了。

不可次郎以用上全身力量的操縱，強行將ＰＭ號往左邊轉……

「嗚哇。」

坐在上面的蓮，這時肩膀撞上了內裝。

同時傳出「喀滋」的刺耳聲音，ＰＭ號撞上碧碧的身體，結果彈起的身體直接落到ＰＭ號上。

「女神大人！」

「等等！」

休伊與勒克斯的眼睛裡映照出隊長被詭異顛倒垃圾桶帶走的景象。

「唔？車子變重了喔？」

「掉到上面了！」

蓮注意到這一點，準備用握著光劍的手打開蓋子……

「太重了打不開！」

「什麼，絕不允許坐霸王車！」

下一個瞬間，ＰＭ號的車內就變亮了。

「咦？」

蓮驚訝地抬頭往上看，自己明明什麼都沒做，蓋子竟然就打開了十公分左右。從該處朝向自己的是手槍的槍口。

從原本腹部趴著的姿勢往後退，形成整個人抓在ＰＭ號上的碧碧，用右手掀開蓋子，接著把從腰部拔出的Ｍ１７手槍塞進去。

然後開槍。

「呀啊！」

蓮避開了。如果沒有鍛鍊出來的敏捷性，頭部就被９毫米帕拉貝倫彈射穿了吧。

但是子彈命中駕駛不可次郎的頭盔，變成跳彈後繼續在ＰＭ號裡面反彈，最後陷入不可次郎的側腹部。

「咕嘎啊！除了坐霸王車之外還想劫車嗎，碧碧！」

那顆子彈誘使她發出充滿怒氣的大叫。ＨＰ減少了兩成。

蓮則是……

「嗞！」

把光劍劍刃變短，並且朝著那把手槍刺去。

但是碧碧快了一步把手縮回去，光刃只能焚燒沒有任何東西的空間。

接著蓋子又迅速從上方蓋下……

「好痛。」

結果撞到蓮的頭。

碧碧依然緊抓住奔馳的ＰＭ號，並且對伙伴做出命令。

「開槍！連我一起射！」

「但是……」

「不過……」

休伊與勒克斯跑著追上逐漸遠離的ＰＭ號，但這樣的命令讓他們一瞬間感到猶豫。

「是女神的命令喔！」

聽見這句話後……

「ＯＢ！」

「遵命！」

態度一瞬間就改變了。

機關槍槍口朝向從大約50公尺前方逃走的垃圾桶——

「什！」

結果視界完全被大量來到眼前的Pitohui軍鬼魂封閉住了。

「讓開！」

「可惡啊！」

兩人全力朝著前方可見處開槍射擊。

從後面逼近的機槍子彈並沒有命中ＰＭ號。

因為不可次郎在命中之前就為了避開街壘而左轉了。子彈就從她們身邊經過。如果沒有鬼魂們的阻礙，時機上應該就來不及了。

「蓮！連同愛車一起把坐霸王車的傢伙刺穿吧！」

「知道了！」

蓮把光劍前端貼在ＰＭ號的屋頂，接著毫不留情地將長度調到最大。劍刃往上延伸，貫穿製作得比側面還要薄的屋頂。

「成功了嗎？」

從小孔洞看著前方的不可次郎這麼問道……

「沒有感覺！」

蓮這麼回答跟視界變暗是同時發生的事。

碧碧蓋起蓋子時，把左手夾在蓋子底下。

在現實世界的話，這是會讓手指全部骨折的行為，實際上ＨＰ也確實減少了，但是她根本不在意。

碧碧抱住持續奔馳的ＰＭ號前面後，就把右手的手槍槍口對準該處的一個小孔洞。

「嗚呀啊啊啊啊！」

蓮聽見不可次郎從下方發出過去從未聽見過的悲鳴。

一看之下，她的ＨＰ一口氣進入紅色區域。

「眼睛被擊中了……可惡，什麼都看不見。」

即使如此，不可次郎還是沒有停止奔跑。為了不被第二發子彈擊中而扭動著臉龐。

這時候蓮……

「臭傢伙！」

用頭把蓋子推起來，同時用右手的光劍使出一記橫掃……

喀鏘。

光劍的劍柄被碧碧的Ｍ１７手槍擋住了。

兩塊金屬互碰，發出沉悶的聲音。

在什麼都看不見的駕駛所控制的ＰＭ號上，蓮跟碧碧四目相交……

「哈囉，我說過下次見面就是敵人了吧。」

紅髮底下，漂亮臉龐露出開心笑容的碧碧這麼說道……

「我知道啦……」

蓮也只能這麼回答。

這個人有著跟Pito完全相反的恐怖之處。

心裡這麼想，但蓮沒有多餘的心思把它說出口。

蓮雖然想把右手的光劍揮盡，但是碧碧以經過不可次郎認證的蠻力，用手槍抵擋住光劍。

由於蓮的左手抓著ＰＭ號的鐵管，所以無法放手。一旦放手就會整個身體都被推開。

不過碧碧既然用槍的底面抵住劍柄，就無法把槍口對準蓮。跟蓮一樣，左手為了保持平衡而必須抓住ＰＭ號的側面。

走投無路了。

這句話浮現在蓮的腦海裡——

甚至還因為手肘與頭部受到壓制的情況而聯想到……

「肘頭無路」這種莫名其妙的話。

兩人都無法動彈。碧碧的臂力告訴蓮這是錯誤的想法。

蓮落居下風了。光劍在手槍的壓制下慢慢地往下沉。

糟糕糟糕。這下糟了。是負面意義的糟糕。

蓮腦袋裡的警報響起。這樣繼續被壓制的話，光劍劍刃會撕裂PM號以及不可次郎。

但要是按下開關收起劍刃的話，那個瞬間碧碧就會把槍口朝向蓮射擊了吧。在這樣的距離下，不覺得自己能夠躲開。

該怎麼辦才好？

真的束手無策了。

這時候蓮的視界裡，在碧碧的身體旁邊看見非常驚人的東西。

非常驚人的東西——

也就是尖塔。

前進方向稍微往右一點的地方可以看見一棟建築物，外表跟過去自己待在裡面而有了悲慘遭遇的塔一模一樣。

那也就表示——

「不可！前面沒路了！」

不知道什麼時候，已經來到中央戰場的邊緣地帶。再往前已經沒有街壘了。

蓮稍微歪起頭來，碧碧也同樣歪起頭，看著自己這幾個人前進的方向。

剩下20公尺左右，這輛車就要頭上腳下地掉進3000公尺的深淵。

「不可！停下來停下來前面是懸崖！危險太危險了！」

不可次郎回答了蓮這樣的悲鳴。

「哪能輸啊啊啊啊啊啊啊啊啊啊啊！現在就是一雪長年積怨的時候！」

了解不可次郎想做什麼的蓮……

「笨蛋快住手啊啊啊啊啊啊啊啊啊啊啊啊啊啊啊啊啊啊啊啊啊啊啊！」

忍不住發出恐懼的尖叫聲，但車子還是沒有停下來。剩下20公尺。

下一個瞬間，從下面伸出手來。

不可次郎小小的手……

緊握。

抓住了碧碧的手腕。

「嗚！」

以強大的握力將其固定住。這下子就算蓮縮手也不會被擊中了。

距離懸崖剩下10公尺。

蓮理解不可次郎真正想做的事情了。

緊接著……

「謝謝妳，不可……」

把光劍劍刃收起來後，直接從ＰＭ號裡跳起來。

雙腳用力往內部的鐵管踢去，蓮的身體隨即跳向空中。被頭部推開的蓋子往上掀，跟蓮一起來到空中。蓮就像海盜桶裡的黑鬍子一樣。

在跳起來的空中，蓮看到了。

沒有蓋子的ＰＭ號繼續朝自己視界的前方加速，在抓著碧碧的情況下逐漸遠離。

筆直的前方就是懸崖，ＰＭ號正往該處邁進——

碧碧到最後都試著要把手槍朝向蓮。

但是，不可次郎的右手到最後都緊抓住她的手腕。

蓮降落到地面的同時，ＰＭ號的車輪也從大地飛向空中。

蓮的靴子在懸崖前３公尺著地……

「嗚！」

然後直接刻意往前滾動。蓮呈現趴在地上的姿勢，像是全身要抓住大地一般來煞車……

「停下來啊啊啊！」

或許是Gun Gale的神聽見蓮拚命的祈求了吧，她終於停了下來。

停下來時，蓮的臉已經在懸崖外面，可以清楚地看見跌落的ＰＭ號……

「不可！」

叫著伙伴名字的蓮……

「喂搞什麼！蓮，咦？等等！妳這傢伙！自己一個人下車了嗎！為什麼啊！喂！明明是能夠跟碧碧一起幹掉妳的機會！我的1億點數啊啊啊啊！」

不可次郎灌注了靈魂的叫聲透過通訊道具傳回蓮的耳朵。

「咦？啊，嗯，一路順風。能打倒碧碧真是太好了呢。」

蓮只能這麼說。

然後在持續注視當中，看見逐漸遠離的ＰＭ號裡出現小小的銳利光芒。

「妳這傢伙──！」

可以聽見不可次郎的叫聲與細微的槍聲。

也就是說在掉落的過程當中，不可次郎跟碧碧互相以手槍攻擊對方……

「啊……」

已經什麼話都說不出口的蓮就在趴著露出臉的狀況下持續看著下方。

即使再也看不見了……

「絕對要幹掉的對象就只有妳！一定要打倒妳！既然在這裡遇見，那今天就是妳百年的日子！」

不可次郎的叫聲還是傳進耳朵裡。

「百年」是人類壽命的隱喻，蓮想起之前在國語課裡曾經學過這是「我們在這裡相遇。今天就是你的死期」的意思。

是在往下掉落整整六十秒之後，不可次郎在視界左方邊緣的ＨＰ才歸零並且出現×符號。

「呼……」

蓮緩緩縮回身體，在保持坐姿的情況下回過頭……

「嗨。」

「哈囉。」

「嗚咿！」

視線前方30公尺的位置出現ＺＥＭＡＬ存活下來的兩個人。

休伊與勒克斯把黑漆漆的機槍舉在腰間並且看著這邊。彈道預測線從槍口一路延伸到自己身上。

對方沒有馬上射擊。

雞冠頭的休伊以難過的表情說道：

「雖然很想說『可惡啊！女神大人的仇敵！』，也很想立刻就開槍，但粉紅惡魔啊——妳在開賽不久時，曾經認真地救過我們隊長的性命對吧？」

「咦？嗯，是啊。那時很自然就出手了。」

「雖然是敵人，但我們還是要報答這份恩情。因為這是擁有機槍的人，為了受到機槍喜愛所必須完成的使命。妳應該懂吧？」

不，完全不懂。

由於蓮這麼想……

「嗯，我懂喔。」

還是先向對方這麼說道。

「所以我們會等妳從那裡站起來拿起武器擺出戰鬥姿勢才開槍。」

「就這樣？」

「很足夠了吧？」

「嗯，很感謝你們沒有立刻開槍。因為……」

「因為？」

「我也有伙伴還活著啊。」

兩把德拉古諾夫狙擊槍同時發出尖銳的槍聲——

發射出去的子彈貫穿了兩個男人的頭部。

戰場邊緣，一座高塔旁邊，同時也是在剛剛全滅的兩名ZEMAL男性成員的屍體前面……

「呼……好累……」

蓮整個人癱坐到地上。

連從她手上滾落到地面的光劍都……

「Yes！Very tired！」

吐露出這樣的心聲。

「辛苦了，小光。」

蓮的命名品味還是一點都沒變。

這時三名女性昂首闊步從視界右側出現。

「辛苦了！好完美的作戰！」

綁辮子的猩猩這麼說道，然後對蓮露出小孩子會嚇哭的笑容。

安娜與冬馬這兩名狙擊手也咧嘴笑了起來。

蓮的作戰是讓這三個人不做無謂的殺生，作為後援——也就是後備戰力殘留下來。

所以通訊道具一直都跟這三個人連線，所說的話她們全都能聽見。

「那現在怎麼辦？鬼魂們似乎自己玩開了，然後他們跟我們毫無關係。」

老大站到坐著的蓮面前並且這麼說道。

「說得也是。那我們就來一決勝負吧。不過我有一個條件。」

「什麼條件？」

「什麼方法都可以，但要由我跟老大單挑。然後如果我贏了，希望安娜或者冬馬開槍射我。」

「理由是——」

「雖然不知道是誰提供1億點數，但是希望造成那個人的損失！獎金就由小隊的大家一起平分吧！」

「唔……」

辮子猩猩發出沉吟聲。

「當然我也會盡全力喔！」

粉紅色惡魔露出了笑容。

「那個……我也可以參加嗎？」

接著那個男人就這麼說道。

那個男人是從塔裡面走出來。

從他一直躲藏的塔。

那個男人全身裝備著宛如錫製機器人般的護具。

背上揹著一個巨大的背包。

手上握著從背包延伸過來的繩子──

「唔哦哇啊啊！」

老大隨著渾厚叫聲使出的前踢……

「咕咿噗！」

在蓮的腹部炸裂。

蓮嬌小的身軀被往後踢飛，因此而受到減少三成ＨＰ的傷害……

「嗚哇啊啊啊啊！」

蓮的身體飛到垂直的懸崖外，朝著３０００公尺的深淵落下。

感覺自由落體的加速度，蓮以屁股朝下，腳朝著懸崖的姿勢掉落。

腳邊以每秒9．8公尺逐漸加快的速度往懸崖上面升起。
實際上是自己往下掉，但外表看起來沒有兩樣。只見周圍景色不斷上升。
剛才所在的懸崖出現橘色光芒。
蓮當然很清楚那是什麼。也就是自爆小隊的爆炸。
存活下來的一個人，就這樣一直躲在塔裡面，然後突然出現來到她們面前自爆了。
老大注意到他，於是把蓮踢飛到懸崖底下。這全是為了不讓蓮死亡。
「老大……又被妳救了一次……謝謝……」
邊這麼呢喃邊望著橘色天空的蓮，視界上面……
「CONGRATULATIONS！WINNER LPFM！」
出現這幾個不輸給橘光的華麗文字，同時還能聽見小號的聲音。
橘光突然消失，也沒有爆風與轟然巨響。就像什麼事都沒發生過一樣，城市的中央逐漸往上升起。
「啊，對喔……」
自爆小隊是最後一個人，生存者包含蓮她們在內共有五個人。
其中有四個人因為剛才的爆炸立刻死亡了，蓮是唯一生存的人。因此優勝隊是ＬＰＦＭ。
結果沒有人能獲得1億點數，ＳＪ就這麼結束了。

蓮一邊掉落一邊想著。

這樣的落下到底要持續到什麼時候。

SECT.15 第十五章　戰鬥結束太陽西下

二〇二六年九月二〇日（星期日）。

「哈囉～！小蓮！昨天辛苦了～！」

今天也亢奮且元氣十足的Pitohui歡迎著蓮，而且差點就要緊抱過來，但被蓮迅速躲開了。比速度的話她絕對不會輸。

該處是格洛肯的酒場某一間包廂，時間是下午十三點十五分。

距離昨天ＳＪ５的死鬥大約隔了二十四小時，也就是隔天了。

「我是最後一個？抱歉讓大家久等了。」

長方形的酒場房間裡，除了蓮之外所有受到邀請的成員都到齊了。

也就是ＬＰＦＭ的五個人跟ＳＨＩＮＣ的六個人。橫向長桌看起來還能坐得下十個人左右。

昨天的ＳＪ５結束後，不停往下掉落的蓮經過七十五秒左右才終於猛烈撞上地面死亡，當時一陣強大的衝擊突然就襲擊了她的全身。

太過於大意的蓮因為嚇了一大跳而啟動了AmuSphere的安全裝置，讓她被強制登出。就這麼直接回歸現實世界。

順帶一提，或許是長時間奮鬥的後遺症吧，醒過來的香蓮感到一定程度的頭痛。因此就給眾人傳送了訊息，傳送了不再登入，並且向救了自己的老大道謝等內容。

就是這樣才會在今天的十三點三十分開設了慶祝ＬＰＦＭ贏得優勝的派對。

雖然是隔天就馬上舉行，但因為只有自己一個人先行回到現實世界，所以也無法不出席。幸好除了準備大學的功課之外就沒有其他事情。

蓮已經比約定好的時間早了一點抵達，想不到還是最後一名。

「沒有遲到喔！」

克拉倫斯以熟悉的英俊臉龐看著她說。手指上已經握著炸薯條。

「是Pito小姐刻意告訴妳晚三十分鐘的時間。」

不可次郎沒有戴頭盔，以將金髮完全放下來的造型說出這樣的發言。這種髮型的話，給人的印象又完全不一樣了。

「什麼！」

蓮雖然感到驚訝，但也覺得原來如此。

「不過為什麼？」

「那當然是因為不能讓主客等待啦。妳現在不就提早了許多時間抵達嗎？」

夏莉在克拉倫斯旁邊吃著馬鈴薯……

「像不可就剛剛才到而已。」

「喂喂，不是約好不說了嗎？」

「不，我可沒做過這樣的約定。」

「喂喂，這也約好不說了吧？」

「就說沒這樣的約定了。」

蓮丟下兩個人來到老大身邊。

她看著即使坐著也相當龐大的身體……

「謝謝妳救了我。」

輕輕地低下頭來。

「昨天不是道過謝了。不過還是說聲不客氣。」

接著蓮就親口跟SHINC的各個成員道謝，然後才輕輕坐到桌子的一角。

「好了好了，主客已經就坐，那派對就開始吧！」

雖然大家早就吃喝起來了，不過那不是重點。

M幫忙點了冰紅茶……

「請吧。」

接著放到蓮的面前。

「謝謝，M先生。昨天辛苦了。」

「很精彩的戰鬥。」

「好了！那我來代表大家說幾句話！」

Pitohui充滿元氣地大叫……

「我要來場又臭又長的演講讓乾杯之前的啤酒變溫！好，恭喜大家還有辛苦了！乾杯！」

結束世界上數一數二簡短的演講後，眾人開始乾杯。

蓮以吸管啜著冰紅茶……

「好了，派對結束！要開始ＳＪ５的檢討會嘍！」

世界上數一數二簡短的派對結束，眾人開起了檢討會。

雖說是檢討會，也只是回顧昨天的戰鬥，然後一邊閒聊，應該說主要是閒聊而已。

說起來派對跟檢討會最後做的事情全都一樣，所以蓮沒有太在意。總是比戰鬥輕鬆多了，而且跟大家一起度過開心的時間也是一件很棒的事情。

因此……

「偶爾也點個披薩吧。雖然在這裡吃太飽的話，會有現實世界食慾減少的危險……不過今天這個日子，稍微減量也沒關係吧。」

蓮才剛這麼說……

「我要吃～！」

吃完一大盤薯條的克拉倫斯就表示贊成。到底想吃多少東西啊。

Pitohui也說：

「不錯喔！派對就是要吃披薩！點大一點的！像人孔蓋那麼大的！」

不是檢討會嗎？

蓮心裡這麼想，不過當然沒有說出口。

「那就拜託M嘍。」

由於Pitohui把點餐的任務丟給M……

「我要鯷魚口味的！另外還要一個加鳳梨的！然後要薄的餅皮！也想來個深盤披薩！我記得也有水牛城辣雞翅吧？我要中辣的！還有——」

不愧是喜歡宮澤賢治的傢伙。把要求很多的克拉倫斯也交給M處理後……

「雖然最後沒有人能拿到獎金——」

蓮說出最令人在意的事情。

「不過那到底是誰提供的啊……？」

「噢，那件事情剛才也成為今天最初的話題了，在蓮抵達前就有答案嘍。」

不可次郎這麼說完，蓮就瞪大了眼睛。

「真的嗎?」

昨天的SJ5後，香蓮已經多次自問自答。如果有答案的話，真的非常想知道。

「我們得到的答案只有一個。」

「答案是?」

「就是——『誰都無所謂』。」

「啥?」

「是誰都沒關係。說起來是依照目前狀況無法得知的事情，所以就算煩惱也沒有用。」

「…………」

雖然是不太能夠接受的答案，但既然無法獲得正確的解答，這絕對就是最佳的答案了……

「那就這樣吧。」

加了許多鯷魚的巨大披薩出現在眼前，蓮便緩緩朝它伸出自己的手。

(完)

後記特別短篇

「經驗值」

在GGO的紅色沙漠正中央——

兩名嬌小的玩家正躺在那裡。

「我說蓮啊。」

「什麼事，不可。」

「好閒喔。」

「是很閒。」

「這已經是妳第三十四次這樣回答了。」

「那是因為不可只對我說這句話啊。」

「太可惜了。我總共說了三十五次。有一次妳沒有回應。怎麼了？妳是在想『拔蘿蔔』的事情嗎？」

「為什麼？不可啊——拔蘿蔔好像是僅限北海道的遊戲。在全國似乎完全沒有知名度。」

「嗯，我知道。以前跟從本島過來的留學生聊到過，當時真的嚇呆了。」

「才不是什麼留學生。北海道還沒獨立啦。」

「所以妳想了嗎？」

「才沒有哩！我只是想總之先待機，然後真的好閒喔。」

「我說蓮啊，這裡真的會出現掉落高價道具的敵人嗎？妳不會又被渣男騙了吧？老媽真的很擔心喔。」

「妳才不是我老媽哩。是Pito小姐的情報，我想應該不會錯。大概啦……」

「那就好。」

「真的可以嗎？」

「無條件相信艾莎大人所說的話。然後我才能得救。」

「別信那種新的宗教。」

「不相信艾莎大人的無禮異教徒！從這塊土地上滾出去！」

「都說別這樣了。我們也不能一直倚賴M先生他們的幫助啊。」

「嗯，也是啦。首先靠我們自己好好地賺一筆——」

「對對對。」

「因此呢，要威脅有錢人……」

「喂，等一下。」

「不，我不等。我們在現實世界奉獻了多少錢給艾莎大人啊？」

「咦？嗯，一大堆……」

「對吧？所以這算是正當的回饋喔。」

「『正當』的意思是？」

「哎呀，反正敵人出現就毫不留情幹掉它吧。」

「就是那個敵人都不出現啊……」

「話說回來，蓮真的變了呢。」

「嗯？變小了？」

「才沒有哩。不對，我訂正一下。不是蓮而是小比變了。小比類卷香蓮變了。」

「嗯？變小了？」

「才沒有哩。像竹竿這件事妳就死心吧。我指的不是身高，而是跟以前比起來，妳在許多事情上都變得積極許多。個性也變開朗了。雖然妳自己可能沒有注意到。」

「是……是嗎……？」

「以前的小比根本像是負面思考穿著衣服走在路上一樣，不可能主動去跟別人扯上關係吧？真不愧是Gun Gale Online。Gun Ga——」

「嗯……我真的變了嗎……？不確定耶……？」

「無論怎麼看都變了！應該說根本是另一個人吧！妳這傢伙到底是誰！把乖巧的小比還給我！現在立刻還來！」

「咦？不要！才不還妳！」

「可惡的冒牌貨！給我站好！看我教訓妳！」

「哦？拔出來了嗎……？根本打不中人的手槍。」

「這個距離的話機率是一半一半。放馬過來！讓我打倒妳來填充我的經驗值！」

「呵，我也正等敵人等到不耐煩了……小P想要吸吸名字叫做經驗的『血』了……」

「真的變了……好，來吧！這算是女人之間的比試！」

「M啊，在那邊大打出手的是小蓮跟不可小妞吧？」

「看來是這樣。完全搞不懂理由就是了。」

「兩個人翻臉了嗎？」

「但是看起來很開心耶。」

「可能是太閒了才開始動手吧？雖然很想告訴她們『敵人現在不會出現在那個地方了』，不過還是暫時別理她們吧。」

完

黑百插畫
至今都是以
不用灰色或網點的
感覺來呈現，所以
要畫迷彩之類的
就很累人。
戰鬥的後半段
大家都是這種表情，
所以畫一下可愛的
小咲。
@KUROBOSHI

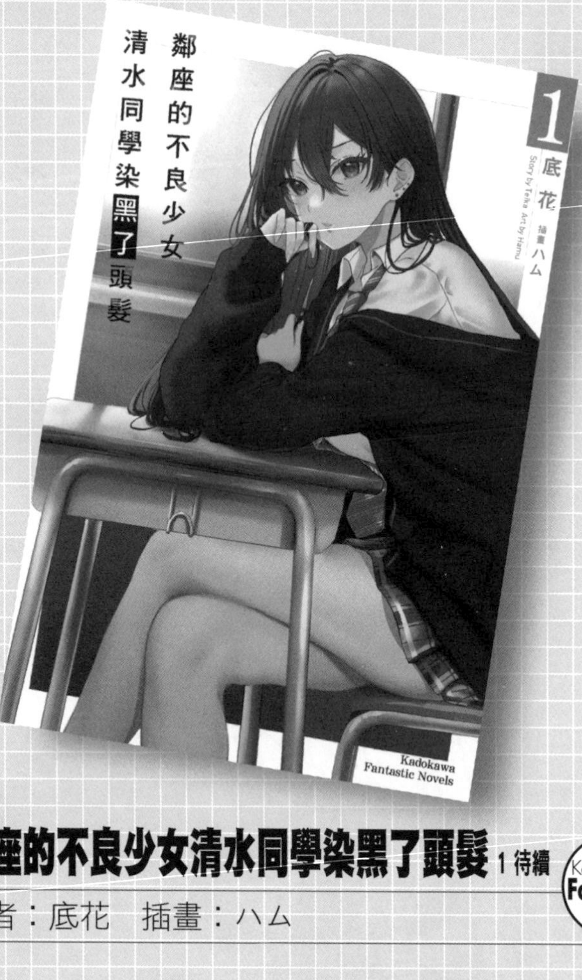

鄰座的不良少女清水同學染黑了頭髮 1 待續

Kadokawa Fantastic Novels

作者：底花　插畫：ハム

這是為了你才染黑的……給我注意到啊。
外表是不良少女，內心清純的反差萌戀愛喜劇！

某天當我——本堂大輝和好友在教室聊到戀愛話題時，說了喜歡清純的女孩後的隔天，坐在鄰座受到眾人畏懼的金髮辣妹清水同學不知為何染了黑髮。問她為什麼突然想染黑呢？她支支吾吾地有些臉紅，就這麼趴到桌上。

NT$240/HK$80

命定之人是妻子的妹妹。 1 待續

作者：緣逢奇演　插畫：ちひろ綺華

能夠結為連理的究竟是今生的妻子，
還是前世許下愛的誓言的妻子妹妹呢？

本人御堂大吾在不知道對方相貌的情況下貿然結婚——也就是「盲婚」。可是在約定地點出現的，卻是妻子的妹妹！這時我們突然想起前世的記憶，在那段記憶中，我和她是發誓要廝守一生的戀人！也就是說，我的「命定之人」不是我的妻子，而是她的妹妹？

NT$240/HK$73

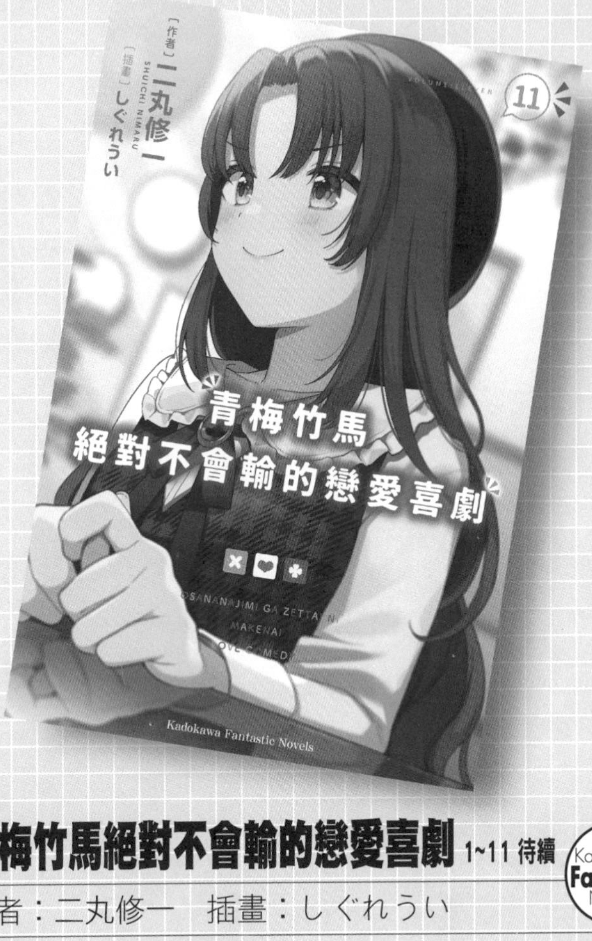

青梅竹馬絕對不會輸的戀愛喜劇 1~11 待續

作者：二丸修一　插畫：しぐれうい

末晴與真理愛出演連續劇！
真理愛的戰略使黑羽和白草陷入危機！

我跟真理愛接到了演出連續劇的委託！但正式開拍以後，似乎是空窗期導致我的表演慘遭喊卡。靠著跟真理愛特訓，我設法找出活路將這齣戲演得令人滿意，豈知……演出連續劇引發新狀況！為了追上成功告白而領先的黑羽和白草，真理愛即將展開大作戰！

各 **NT$200~240/HK$67~80**

青春豬頭少年不會夢到聖誕服女郎
鴨志田 一
插畫●溝口ケージ
Kadokawa Fantastic Novels

青春豬頭少年不會夢到聖誕服女郎

作者：鴨志田 一　插畫：溝口ケージ

包含咲太在內，許多年輕人都夢見了
櫻島麻衣在音樂節自稱是「霧島透子」？

「麻衣小姐由我來保護。」

「那麼，咲太就由我來保護。」

只有咲太看得見的迷你裙聖誕女郎究竟是什麼人？逼近真相的青春豬頭少年系列第十三集。

各 **NT$200~260/HK$65~83**

東崎惟子
あおあそ

BRUNHILD
龍姬布倫希爾德
THE DRAGON PRINCESS
A strange and cruel fate of Brunhild. She served the guardian dragon, and discovered its darkest secret.

Kadokawa Fantastic Novels

龍姬布倫希爾德

作者：東崎惟子　插畫：あおあそ

布倫希爾德物語第二部揭幕！
人們時而輕蔑時而畏懼，並稱她為「龍姬」。

小國諾威爾蘭特遭受邪龍的威脅，因此與神龍締結契約，在其庇護之下繁榮。名為布倫希爾德的少女誕生在國內唯一理解龍之語言的「龍巫女」家族，與母親及祖母同樣侍奉著神龍。其職責是清掃龍的神殿、聆聽龍的言語，並獻上貢品表達感謝——每月七人。

NT$240/HK$73

國家圖書館出版品預行編目資料

Sword Art Online刀劍神域外傳Gun Gale Online. 13, 5th特攻強襲. 下/時雨沢惠一作；周庭旭譯. -- 初版. -- 臺北市：臺灣角川股份有限公司, 2024.01

面； 公分

譯自：ソードアート・オンライン　オルタナティブ　ガンゲイル・オンライン. XIII, フィフス・スクワッド・ジャム. 下

ISBN 978-626-378-396-6(平裝)

861.57　　　　　112019377

Kadokawa
Fantastic
Novels

Sword Art Online刀劍神域外傳 Gun Gale Online 13

— 5th 特攻強襲（下）—

（原著名：ソードアート・オンライン オルタナティブ ガンゲイル・オンラインXIII —フィフス・スクワッド・ジャム〈下〉—）

2024年2月5日 初版第1刷發行

作　者：時雨沢惠一
插　畫：黑星紅白
原案・監修：川原 礫
日版設計：BEE-PEE
譯　者：周庭旭

發 行 人：台灣角川股份有限公司
總　監：呂慧君
總 編 輯：蔡佩芬
副總編輯：朱哲成
主　編：林秀儒
設計指導：陳晞叡
美術設計：宋芳茹
印　務：李明修（主任）、張加恩（主任）、張凱棋

發 行 所：台灣角川股份有限公司
地　址：104台北市中山區松江路223號3樓
電　話：(02) 2515-3000
傳　真：(02) 2515-0033
網　址：www.kadokawa.com.tw
劃撥帳戶：台灣角川股份有限公司
劃撥帳號：19487412
法律顧問：有澤法律事務所
製　版：巨茂科技印刷有限公司
ＩＳＢＮ：978-626-378-396-6